静かなるもののざわめき

アンフォルム群 II

たなか　あきみつ
tanaka akimitsu

七月堂

画・たなかあきみつ

静かなるもののざわめき（部分）（表紙）

パリダカラリー（部分）（裏表紙）

破断寸前（部分）（中扉１）

エンドレスコラム（中扉２）

目次

アルテファクト

静かなるもののざわめき

静かなるもののざわめき　P・S

アルテファクト

――ときには現代美術や先史時代の遺物の一角を占める人工物

埃のエデン

大都市の元・底なし沼のメタンガスのように肥大化する《埃の木》
消えては現れる書籍の湖水のようにさまよう《埃の森》
触るなこの見えない部厚い《埃の手》にすっかり錆びた鉄鉤に
かつタツノオトシゴの止まり木たるピンクの綿棒に

アルツハイマー博士の歯周病にどんどん蝟集する
進行中の砂の薔薇たる忘却の塔が何本も屹立する
港湾の高速道路の登坂車線でナトリウム光線にぐねっと浸され
またもやデスペレートな砂嵐を巻き込んでネズミ＝《埃の鳥》が飛び立つ
このごろ鳴りを潜めていた小石どもがおもむろにごろまく
恐竜いとしやゴビ砂漠にはわが夢の《地底旅行》という黄金が埋葬された

サップグリーン色にはほど遠い蠣殻《埃の森》は暗鬱になるばかり

飛散寸前のこの埃の薔薇のブーケには触るな
pietra serena すっかり寝静まった灰色石よ
引用の反芻胃を励起させよ斜めに抉れたブロンズの横顔を
冒頭の＋Ｒ指定のルーメンなる動物学用語も
取り急ぎダストシューティング！　埃の夢の盲野（ブラインドフィールド）でのたうつ
白昼斜陽のガソリンタンクの上で
虎縞の猫は埃ともどもまどろむあわや生ゴミ garbage には
たとえそのまま二、三時間経過しても
猫の銀色のヒゲは日向の渚をじんじんメタリックに造影する

なにしろここでは針とび蜂の巣こてこてラルティーグ撮影の気球
ラルティーグ兄製の複葉機
じゃなかった逆光線とてやんやの喝采で

ぎらっと波形ブリキの声帯でマヤコフスキイ相貌の《声を限りに》
なにしろいまわの際の光とびだから
イヴァン・ゴルの詩からの隕石の金属性を鏤めつつ
ギベオン隕石めがけて矢印耳の鮮血の文字獣オドラデク
Widmanstätten Structure めがけて
さらにはその矢印耳の推奨物件めがけて
あらゆる紙の毳立ちやドライフルーツの翁皺みたいに
金属学的にトラヴァース！

［補註］

＊**pietra serena** ＝ルネサンス期の建築資材や彫刻資材に使われたトスカナ地方産出の灰色の砂岩。

＊＋R指定＝**rumen**（＝反芻胃）は**lumen**（＝光束の単位）と頭文字で対峙している。Jacques Derrida : VALERIO ADAMI le voyage du dessin からの引用。成人映画指定の轢断死体さながらに。

＊イヴァン・ゴル＝アルザス地方生まれの独・仏バイリンガル詩人（一八九一―一九五〇）。たとえば表現主義的作品《ソドムとベルリン》の表紙にはゲオルク・グロッスの絵画がいみじくもあしらわれ、また心底シュルレアリストでもある。その作品はパウル・ツェランに先行して注目された。堀口大学訳のゴル詩集が古書店の限定本の一角を占めていたのを思い出す。

＊ギベオン隕石＝ウィキペディアの《ギベオン隕石》の項によれば、この隕石は一四億五千万年前に地球上に落下したと考えられる。発見場所はアフリカ大陸の現ナミビアで、その破片が上野の国立科学博物館に所蔵、展示されている。その実物破片で

《ウィドマンシュテッテン構造》を確認できた。

＊文字獣オドラデク＝カフカが創出した幻獣で彼の掌篇小説《父の心配》に登場する。カフカの自筆のオドラデクという文字の原綴は、拡大して図録《カフカの世紀》（ポンピドー・センター刊）に収録されている。

＊Widmanstätten Structure＝ウィドマンシュテッテン構造。ここではこのフレーズを詩的イメージの生成及び展開として用いているが、とりあえず《隕石コレクター》（築地書館、二〇〇七年）所収の用語解説をそのまま引用すると、《テーナイトに包まれたカマサイトの板でオクタヘドライト隕石の正八面体の面上に成長したもの》。

ラスト——second version

rust　①さび、(赤)さび色　②さびつき、無為
③(植)さび病、(植)さび菌、すなわち、さび病を起こす担子菌
(リーダーズ英和辞典第二版)

rust は生きもの
rust よこれが《バロック的壮麗さ》の剽窃のラストシーン
なのではない、これは粉末のRたる先導獣の edens の痕跡で
冷め切ってたんまりL字形 lust 氏の激情の関連施設だ
《ラストベルト》というタイトル文字に
ようこそ眼球も錆びつく、
工場群の doors のドアノブのうろ覚えの鉄錆を

ざらざら半開きで舐めていくテレビカメラの差し出す
画面上で滞留しては反転する時間に
何層も巣くう闇の埃
——これらの放置された装置、
いわば赤みを帯びた埃の密度の高い鉄肺
たとえばＵＳＡ南部の暗箱（カメラオブスキュラ）ならば
ニューオーリンズの写真家ラフリンが
《昆虫頭の墓石》を斜めに被って
うじゃうじゃ苔の群棲（モス・スウォーム）たる錆空間を彷徨する

時間の埃はレンズ面でも錆びる、
ましてや半透明のガラス面でも
錆びた粒子よ
テレビ画面の使い古しの錆と眼球の錆（＝グリ・ド・ヴェール）
があからさまに擦れあい

錆の耳もとでじゃりじゃり尖った砂利の
灰色のカオスまでそのグラデーションの角を突く
一陣の風の闘牛士は内心の（鶏卵の）真紅のケープで
空間を浮遊する錆また錆を躱す

rust は生きもの
累卵の骨身に染みるまで
素材を荒削りに削って
これからすかし模様の目をマクラメるんだ

急遽メディアに登場した《ラストベルト》の所轄の市長は
見た目に青っぽい作業ズボン姿でこう嘆く、
《工場内のおんぼろ設備の残骸を
きれいに撤去する費用なんて全くありませんよ》と
それゆえ錆、錆、錆の氾濫はどんどん出血して
新聞のインクで黒ずむばかり

このドキュメンタリーフィルムを収納した耐火ケース（マガジン）には
公的にあくまでも fragile 表示
rust は生きものだと
すなわち発掘品のコンテンツのお詫びの《正誤表》ではなく
念のため可燃性の壊れものを告知するラベル
もちろん剝きだしのままでの旧来の郵送は厳禁だ

映写幕（スクリーン）たるオールステンレスの銀ぎら銀鍋の曲面（カーヴミラー）ではなく
スティールの鍋底の錆びた地肌を
《a burning sculpture》のギュメをはずした痕跡とみなせるか、
要木枠の壊れものとしての fragile という
ブロック体の字幕の文字たちは、
菌糸状の眼にも絢なす高圧線の鉄塔（ピローヌ）
青黴がぬめる水道栓のように燃焼材を、翻訳すれば
放火魔のびらびら焚きつける

脳内の rust も生きもの
ほら《a pyromaniac game》を呼号する

短時間のフィルムに収録された炎上する炎の塔を大気圏外へと
たとえばブランクーシの粛々と宇宙へ伸びる鉄塔（エンドレスコラム）を
燃焼させたらどうか
火焔のバレリーナのトゥーシューズの爪先で
燃焼材の rust は生きものだとささやく
むしろ《カオスのマグマ》を内蔵した火の彫刻家たる
ベルンハルト・ルギンビュールのほうが
その辣腕を発揮するのではないか
かつてのエルテ誌の豪奢な装飾性をかなぐり捨てた裸形の炎が
いきなりガソリンを浴びてフィルム内で揮発を重ねる
アドルフ・ヴェルフリの葬送の造語詩篇の単調な音声や音律が
会場の出口付近で謎めいた絵巻物のように際限なくのたうちまわる

二〇一七年春、東京ステーションギャラリーで
唇を逐一弾いて読唇しようとする
rust の死にものぐるいで
破壊のバーナーの唇を
（身近なサイバー空間で垣間見た
ルギンビュールの作庭した鉄の公園のまさしく
鉄のオブジェ群の錆を潜望鏡にセッティングしつつ）
同時にあらゆる有機物の輪郭を失わせる炎上の唇を、
博物館の埃っぽい標本箱に安置された
タテ位置の灰色の直角貝 orthoceras の化石を想起しつつ
灰色の火焔樹のように埃すなわち dust の唇を
英和辞書における rust の全語義の唇を

ちなみに、するめの徳利酒の皮を――iichiko 酒の二〇一四年のＣＭに

よれば《ひと皮むいたら、錆びた私がいる》
rust は生きものだから
内包する埃(ダスト)の **lust** と相俟って
その背景色はべっとり火山灰ばむ血、血流は弾け、
やがて淡くピンク・ピンクの
隣接しつつあくまでもショッキングに
赤錆系輪舞はめらめら続伸中
どうして建築家たちは
気鋭の錆の影という影を
ほとんど活用しないのか？

［補註］

＊ **a burning sculpture** ＝二〇一七年四月二九日～六月一八日東京ステーションギャラリーで開催されたアドルフ・ヴェルフリ展の会場にて連日上映された一七分半ほどのフィルムの後半に登場する。宙空めがけて炎上する火の彫刻パフォーマンス（ヴェルフリに捧げられた）の主役で登場するスイスの現代彫刻家ベルンハルト・ルギンビュールの、このフィルムに鮮明に収録さ

れた大いなる a burning sculpture。このフレーズはヴィデオの英文字幕からの引用。同じく《a pyromaniac game》も《カオスのマグマ》もそうだ。このヴィデオのシナリオのプリントは用意されていなかったので、フィルムを何度か見ることでこの眼に焼きつけた。

*直角貝 orthoceras = 博物館の標本箱に安置してある。化石状の静かなミサイル（の原型）を思わせる。

*どうして建築家たちは……= ロシアの現代詩人アレクサンドル・ウラーノフのフレーズ（どうして建築家たちは影という影をほとんど活用しないのか?）はウラーノフ《クラレンス・ジョン・ラフリン》からの引用で、詩行の傍点の《気鋭の鋳の》という語を付加した。

憧憬論　second version

有働薫さんのポエジーに寄せて

艶めく鴉の羽の漆黒には
訓練中の盲導犬としての雪が色彩的に最適だとしたら
削がれたパンの耳のカンバツ系暖色には
オリーヴの実が寄り添いやおら停泊するだろう

あちこちの耕作放棄地の低空に滞留する
グレーゾーンの無風がじりじり雪辱を期す
《灰の厖大な拡がり》（アンリ・ミショー）だとして
例の《至高の灰色》には
bittersweet の両義的ふてぶてしさが

ヒーニー詩の古生物学的一節が
埃のエデンに乱雑に放置してあり
それははなはだはなればなれに介入する光の生傷
地中の地雷に似たエレーナ空域の《稲妻のダンス》
あるいはひび割れの勢いを増す渇水であれ
パスワードたるサイレン抜きのダムからの放流であれ
きまって濁流による傷だらけの河床だが
灰色のごろごろ比較的大きな石ころだらけ

（半世紀ほど前の遠足先の赤目四十八滝、
灰色に石のごろまく渓谷にロケした
谷底の見えない銀灰色のフィルムを参照のこと）
そんな記憶の泥流がぷつんと途絶えてしまえば
機能的にぐるぐる巻きの包帯めいたワセリンが
顔面の変形部分にわさわさ乗り上げて

連戦のボクサーの切れた目蓋の斜陽（ダークイエロウ）にも似て
いったんは切れ長のキアロスクーロの暗渠に
間一髪そよぐ《コヨーテの耳》に
このほど震央に堆積中の眼球のデブリ
腕ひしぎ仕様で床の埃を逆鉾にかき立てては
華やぐ前世紀のダンサーたちの肺のアスベスト
暗闇のG線上で脂粉の不透明に重なるケーソン病に極力
陥没しないようにとにかく眼帯を拐帯しないように
岩の輝く緑を（今もなお六甲山の登山口にて）振り絞れ！

折からの無風のつづく後背地に
屠場の **gutter** ＝動物のはらわたを抜いたような
天然色の雑草ともども、雑色という色はない
愛読する砂の本のキャプションにいわく
《砂連。巨大な砂連の側面に

小さな砂連が形成されている》と。

こうした砂また砂のトゲがのびる砂上
ＭＯＺＡＲＴ版《楽興の時》集成よ
もっぱら酔いどれ草は
冬枯れの埃のように
あるいは浮遊する宇宙塵のように
すべてのエッジが毳立つ紙面以外に生えず
ラズノツヴェチェーニエ（雑色にして多彩）は
そもそもトートロジックに紙一重だが
コレグラフＡ・サヴィニオよ太陽の舞姫（アポリニエンヌ）イサドラを
地中海のとりわけきらめく多島海の迷宮に召喚せよ
次いでサハラ砂漠に茶褐色がかったホリゾントを振り付けろ
おお、危機一髪ピンポイントの塩ばむ犬（ソルティードッグ）よ

［補註］

＊エレーナ空域＝ロシア詩人エレーナ・シュヴァルツ（一九四八—二〇一〇）の作品には《稲妻のダンス》と称される粒ぞろいの詩群がある。《稲妻のダンス》とはエレーナ・シュヴァルツ詩の稲妻性に着目した批評家オレグ・ダルクによる命名である。

＊《コヨーテの耳》＝J・M・G・ル・クレジオ《氷河へ》からの引用。池田学にもペン画の小品《コヨーテ》がある。

＊ケーソン病＝またの名は潜函病。

＊屠場の gutter ＝本橋成一がチェルノブイリ原発のほぼ二〇年後に撮影した渾身の写真集《屠場》を図書館の片隅で見つけた。

＊砂の本のキャプション＝マイケル・ウェランド《砂——文明と自然》（築地書館、二〇一一年）一九七頁からの引用。

＊A・サヴィニオ＝イタリアの画家ジョルジョ・キリコの実弟にして作家兼画家兼作曲家兼コレグラフであるアルベルト・サヴィニオ（一八九一—一九五二）。有働さんにはサヴィニオの短篇小説のダイナミックな邦訳が幾篇かある。いずれも詩誌《オルフェ》に訳載された。

《失踪》あるいは逃走

一世を風靡した《蒸発》という言葉と概念は
どこかへ文字通り蒸発した
もともとアナーキストの鍾愛した春三月だが
いわばシンボリックな失意のどん底もさらなる深化を遂げる！
このところのＳＮＳ全盛期にはもっぱら《失踪》が君臨する
まさしく法的失踪宣告なき失踪
未知なるＫＡＦＫＡ氏のペン先の巣箱から
体操のペン画がせっせと巣立つ
（《カフカの世紀》のなんだか掠れたモノクロームの採石場にて）
in the groove（のりのり）の喝采とは無縁の
失踪という静謐なミゼールすなわち惨禍の傘の下

個々の顔が消え失せて、ともかく完全にシャッフルされる
大量の画素が収斂する傘になった

たんたんと透明なヴィニル傘ではなく
このＴＶ画面を瞬間的に埋めつくすのは
埃っぽい傘よりやたらカラフルな傘ばかりの演出
以前なら後ろ姿の００７をさらすところ、
堂々めぐりの日めくりトランプのようで
このごろは貧弱な語彙の傘頼み
ともかく当の失踪者は広場恐怖症だから
（すれ違いざまの耳にはマラルメしらずのおお骰子一擲のフォント
メシアンのピアノ曲アーメンの《幻影（ヴィジョン）》が飛び込んでくるが
往年の新宿地下街の名物マイムのように
彼らは歩きながら遮音して無音でべらべら）
アモルフな時代の時化に臨む演出家の凄腕の見せどころ

的確に挿入される雨で路面は濡れていても
からからに乾いたカラフルな傘の下
もっぱら傘傘傘、傘の下

ともすれば海底のレオノール・フィニーの日傘とも雨傘ともつかず
当事者の顔にはきまって稚拙なざらめのモザイクが施される一方で
天文学的規模で流失した個人情報同様、今秋まで
かつてのパリダカラリーの砂粒並みの双極性よ
厖大なヒューマンエラーズの砂粒にまみれつつ、今やすっかり
ネクタイ姿のCEO（例えばザッカーバーグ）の挨拶のアルテファクト
表情のとぼしい顔の筋肉（＝紙肉）は当面は露出するに至らず
脳裡を覆う豹柄の挫傷どころか
ル・クレジオの《悪魔祓い》の当該頁で
舌平目の干物のようにあてどない後退線をたどる
その歩く足の骨密度測定はお済みですか

全面的にモノクロームでのけぞる豹の皮も
半開きのトランクひとつと生身もひとつ
無口という雄弁のほかに手負いの蟻の一徹
いつかフィルムで見た雨模様の倒壊、倒木や流木でありながら
あくまでも千年来のほとんど頭部無欠のミノタウロスよ
あなたの大好物は何ですか常日頃
持ち歩いているじつは壊れやすいバッテリイは健在ですか
自身に差し入れた極薄のリンツのチョコレートをかじり
湯水のように現金(ありがね)をはたく展望は当分なし
またもやロックオンさりとて新フレイバーのカロリイメイト探しを
モノローグやモノトーンをずるずる引き伸ばすどころではない

ところが映画づくりの鉄則通り
画面上の雨で路面はびしょ濡れだった

記憶の中の廃材置き場もびしょ濡れだった
水たまりでくるくる反転するトランプ札の裏と表
ラム肉ならずも冬隣の岩塩の矢印を着脱しつつ
乾燥した off-road とてこれぞ off the grid（＝網の目につかまらぬように）
花屋の店先にはようやくジョージア・オキーフの画布から
雲霞もどきの浮遊する宇宙塵のまといつくピエロの柔肌
放心した一九五八年作の宙づりの《月へのぼる梯子》から
しばらくは油性臭の消えない白い calla が幾株か出現した
たとえばゴーギャン画のぼってりしたハムの肉塊の
卓上の前景へのプレザンスとは
草上のマネ最新版とは触覚的に異なって
ビロード地もどきの白っぽい花々の相次ぐ炎上よ

連日のニュースの片隅で無造作に繰り返される
《命に別状はない》という広範囲の常套句に乗じて

その命運をかける綱渡り芸人たる由縁を早急につきとめたい
ましてや放火に類する命綱のたわみ初めの行方を、
愛読書の地層を欠いたじつは見えない埃だらけの空室
《失踪》には実年齢相当のオッカムの剃刀の切れ味はあるか?
虚実皮膜もどきの手品師愛用のビロードのシルクハットを
ときにはカフェのテーブルに置き去りにしたまま
窓辺の日向で眠りこけ弛緩していく彼女の未来進行形
埃だらけの床をノイズさながらなんども這いずる
オクシュモロンの奏でる無伴奏チェロソナタの運弓のように

地球の夜更けは淋しいよとあやうく
《冬隣》は季語の喉から滑落しそうで必死に持ちこたえる
失踪という一種のレイムダックと隣接する
《冬隣》曲にのっけから登場するお湯割りのように投げやりで
その分大人っぽくて、もっぱら傘傘傘、傘の下

この番組のエンディングでは使われず、おごそかな
とはいえオルガン前奏曲なら全長何キロメートルにわたって冠水する?
ほどなく安価にソルティードッグが滑走するや
単独に自然発火する
今や体内時計の黄昏時に
presque rien（ほとんど何もない）を《心のすきま》
と反訳するのは
けだし名案である

［補註］

＊《失踪》＝NHK総合TVのドキュメンタリイ番組《失踪——消える若者》は二〇一八年四月八日夜放映された。
＊ザッカーバーグ＝個人情報のあまりにも桁外れの厖大な流失が報じられるたびに、フェイスブックのこのCEOの名が新聞報道からネクタイピンのようにスクラップされる。
＊off the grid ＝ Jeffery Deaver：The Broken Window からの引用。
＊地球の夜更けは淋しいよ＝吉田旺作詞《冬隣》のラスト4行からの引用。
＊《冬隣》＝ちあきなおみの創唱曲。杉本眞人作曲による渾身の物憂い曲想、吉田旺作詞の、死と隣接すると同時にエッジの立

つ絶妙の曲名。ちあきなおみ以外にも何人かの歌手が思いの丈をぶつけてカヴァーしている。

＊レイムダック＝語のニュアンスとしては役立たずというよりは死に体。

＊**presque rien** ＝たまたま購入したカナダのピアニスト、アンドレ・ギャニオンの《**Eden**》というＣＤアルバムの収録曲。

深夜の百足

Le Noir est une couleur
（《鏡の裏側》という美術誌の表紙ロゴ）

《新幹線》走行を先取りした百足には寿命があるのだろうか
自分に振りおろされる金属製シャベルには
ぞんぶんに百足は抵抗しうるだろうか

深夜二時半頃に私は類百足ともいうべき百足に遭遇した
類と仮称するからにはそれなりの理由があって
一見して体表が劣化して老いぼれているのだから
たかが20Wの照明のせいとばかりは言えない
こうして黒い産毛にびっしり苔のように覆われている
黒色とはいえ起爆性を秘めたダイナマイトの艶はない

ダイナソーの何億年もの黒い艶もない
この百足と遭遇したのはいわば《鏡の裏側》で
深夜のトイレの床と壁のL字形の部分にて
斜めにそれは新種目ボルダリングのように安静にへばりついていた
ついロールペーパーを片手にそいつにつかみかかった
ご老体のはずがその虫は機敏にくねくね動く

指腹で紙ごしに触るとその体内に金属棒が入っているような堅さ
思わずレスリングの反り投げをくらいそうになる
指腹で思いきり潰してやろうとしたら
反転して五月のまぶしい視界をかすめて
(二〇一八年のスポーツ紙の色刷りの見出しに登場する
広島カープのホームラン打者のような)
起死回生の反撃をくらった

要は過現未の jam session に翻弄された
これじゃあとっくに注射針の領分と化している
もはや傷口はうかがい知れず闇雲に痛い、痛いと声に出す始末
刺創というにふさわしい結末?
(ところでここ白昼の脳内カフェのフライパン上のパスタには
こんもりアンチョビ臭が絡まる) 笑気ガスの使用が取り沙汰される

注射針はといえば先日受診した
採血時の針の堅さも貫徹する痛さも今回と瓜二つ
ヴォルスの画面上に置き去りの《詩人の頭蓋》(一九四四年)と
深夜の百足は《ぴくぴく隣接する》
これは破線の渦巻く百足デッサンである

P・S(1) 櫛よ! 櫛よ!

毛並みは極細でヴォルスの画面によれば
毛の本数はとうてい数え切れない
ところで今度は五月二十日の白昼堂々
キッチンのシンクに百足が意気揚々と出現した
その横位置の発条はもちろん潑剌としているが
熱湯にはからきし弱いらしい
そのフレームの左下隅からとびはねるようにはみだそうとする
いざ百足の動線は《ねじれの効果》めがけて
beak! beak!

P・S（2）もっぱらbeak! beak!

江戸時代の《変わり兜》のひとつ《百足前立南蛮鎖兜》においては
百足はリアルに遊戯的に誇張され
この百足はアルテファクトとして科学博物館の標本のようには

体表は白く脱色されているわけではない
あるいはまたbeak! beak!
と時空をえんえんと遡る
ムカデ類発祥のダンスよ

［補註］
＊ダイナソー＝ディノザウルスの英語読み。
＊櫛よ＝ヴォルスの一九四三年のペン＆水彩画《櫛》は百足の精密な実写を髣髴とさせる。
＊《変わり兜》＝《赤瀬川原平の日本美術観察隊　其の1》14頁に収録。二〇〇三年・講談社刊。一見すると、死がぐねぐね這いずるキッチュな《変わり兜》！
＊ムカデ類発祥のダンスよ＝《メゾンクリークからはムカデ類の歴史上最も初期の化石が産出している。それがラツェリアLatzeliaである》（土屋建《石炭紀・ペルミ紀の生物》技術評論社、二〇一四年）。

ダリアの祭典（あるいは色彩の《切迫流産》）

波立つ後頭部また後頭部が再三切り裂く《叫び》の薄命の両刃よ
（二〇一八年晩秋のムンク展にて）

赤い空・赤い縞唇を先導する
ダリア戦線の赤い鱗すなわち赤い花弁の封筒たち
魚の赤い鰓にしてど真ん中の切手に相当する黄色の大団円
ぐるっと赤い目打ちの魚たち、アストラッド・ジルベルトゆかりの浜辺で

心ならずも老年性の殺気立つ波の赤茶けたレンガ積みを思え
首を伸ばしては傾げるレンガ工のキリンのような
いまや瓶のオカピ喉首のように希少性のきりっと引き締まった

はたして鬣の花束か花のか細いペリカン首か
いきなり藍色のスパニッシュフェイク瓶か

地球の緩傾斜（スロープ）を駆け下りる車＝ネズミはけだるくミュートを震わせて
あるいは海水面上のピアニッシモもどきにぐねっと割り込む
こうした輻輳する破綻の結末を当局が疑うきっかけはスクラップし損ねた
被害者の《胃の中に不自然に多量の砂があった……》こと、
遠浅のあの日を境に発条のほどけはじめた海砂のオルゴールのように
アナウンサーのニュース原稿の棒読みの音声が半世紀ぶりに
ジャージャー地球の宵闇迫れば耳をうつノスタルジア極まる傘の骨

それでもやはり《赤い色の雪の結晶》だ／**アミロイドβは**
それでもやはり《赤い色の雪の結晶》だ／**おまえの脳内に**
それでもやはり《赤い色の雪の結晶》だ／**うんと滞留しているか？**

天候が漸次色褪せる前に、気ぜわしい紙面でもラジオでも目下
念のため７Ｂの鉛筆で告知する、じつは去年の潮干狩りは中止でした
リピートすればお湯割り楽曲冬隣には逆さ棘だらけの巨石が安置されている
じつに気紛れな気象のedgeが《叫び》を背負う銀円球のクローズアップが
安息角でふんわりクラゲの星雲と化す、あるいは草原の静かなざわめきの訪れ

横一線でヒョウ・チータ・ジャガーの表皮の紋様は同じヨーイドン片だろうか
それともTully'sの陶磁の珈琲カップの内側に黒く印字されたロゴ
《違いをそれぞれ味わい分けよう！（テイスト・ザ・ディファレンス）》と同じく
あるとしたらその差延（ディフェランス）はフィルムのノイズのどのあたりに屯しているか
無防備な表皮のグリッドをばしゃばしゃ撮影すればいずれ分かること
宙吊りの赤と緑の沖縄産すずめうりのように数本はラジオからの白線流し
最寄駅の新着チラシはしきりにおまえに目配せする
町田市では常時満開のダリア園がつとに開園中だと。

［補註］

＊《赤い色の雪の結晶》＝《Snow Crystals》の写真家ベントレイにちなむロシア詩人アンドレイ・セン＝セニコーフの連作詩篇《雪の結晶のための鍵》からの引用。邦訳はZUIKO創刊号（二〇一八・十二）に収録。

＊白線流し＝長崎出身の歌手さだまさしが歌った楽曲、その名も《白線流し》。甘酸っぱい五線譜の時代を想起させる。

《夥しい埃の edens》

エニシダという細身の揚羽蝶もどきが
血に飢えて生花市場からカットソウ
かつてないほど埃っぽい鏡に映り込む
この花名を dusty miller と命名直後に早速
dusty mirror と（蛾を鏡と）誤読したくなる
そこではずむ無音のＨの hiniesta yellow
リンゴが埃っぽいアトリエで
もっぱら vampires の歯牙と等号で結ばれるとき
その前夜に黄まだらのリンゴは
暗赤色の頸部に変容する

リンゴは血を噴く、
ほら一九三〇年代ミュンヒェンの闇の印画紙上を斜めにしぼれ
それでもリンゴは血を噴く
セラフィーヌの《葉の付いたリンゴ》でさえも
鈴なりのリンゴの皮しだいで暗赤色が
あるいは脳裡の黄色が
あるいは黄緑が
リンゴの実をかじってはかむ
そのかじかむ歯間で岩漿の血に染まるブラシよ
リンゴの芯は血の空き箱の把手だとしたら
このリンゴがたとえば駱駝の単峰（ひとこぶ）へと変形しかけている
脂肪なだれの理由はなにか

この頃は視点の異なる路上に
おいそれとは針金はぐねぐね転がっていない？

トロツキイが永続的に標榜する革命の頭上にばかりか
permanent なる形容詞を
そっと被せる色名表示の黄色に集光しつつ
集合住宅の通用口の尖端がさびた有刺鉄線以上に
血はリンゴの表皮にどっと流れだす
まさしくフーコーの振り子がメタリックに咬む地は
濃霧の盲野であれ
まぎれもない科博の一角であれ
脳内ならいざしらず
この頃は花屋の店先で黄色く紛糾の種の金蓮花
僧帽弁（ミトラル）のもっぱらかげぼしの血の空き箱や針金すら
残念ながら地面には落ちていない

キリンないしオカピの縞模様の長広舌の標本もまた
血の臭いを恣にして

リンゴの果肉はπの字形に海辺の歯槽で仮眠する
依然として埃っぽい鏡はアフリカ大陸の大西洋岸では
黄熱のスネアドラムにやんやの撥さばきで反撃する
コンゴ民主共和国でのエボラ出血熱の攻勢を
喜望峰廻りで小耳にはさむ

リンゴの憂鬱を描ききる
まずはその習得作業をこそ思え
白日のしらじらと遺留分（レゼルヴ）を
さすがに揚羽蝶もどきの展翅模様のむせるジャングルに腐心するまえに
とはいえあれかこれかではなく
推理小説で掘り出されるリンゴ酒の古樽も
岩木山を望むリンゴ酒工場の仕込み
往年の弘前駅・駅裏の店頭のいびつなリンゴの座位も

元素のブロマイド写真としててらてら
砒素やセシウムの《爪が引き裂く時間》の舌の根も乾かぬうちに
その残響から取り急ぎ流失しようとして
ヴェネツィアのとある運河の濁水面にも浮上する
潜水夫の頭部なら虎刈りの《釘のレリーフ》
《光り輝く水（アッカ・ルミノーサ）》よギュンター・ユッカーの岸辺なき釘庭は
芽吹きのぎざぎざに血を抜栓する

ほーら、発掘現場の羽休め……　とて、
ぼろぼろ骨肉腫の《夥しい埃のedens》よ
無名の鶴のクルルィーによりかかれば
もっぱら細心にクールダウン
しかもポテトチップス仕様の雲の綿毛は
青灰色に喰いちぎられて流れるその果てまで
暗赤の油煙が充満する《グラジオラス》の画家ハイム・スーチンによれば、

白皙（ベラルーシ）の生郷の《スミロヴィチの村、…見上げる空はほとんど毎日、
どんよりした灰緑色であった。……》
それとも地球上を覆う《灰色のカオス》か？
谷底のフレーブニコフ石は（加えて白昼堂々尖峰たる文晁の石は）
しきりに横殴りの風のedensを欲するのは本当だ、
無風の連鎖だとベンチの石の目ががぜん瞠目して大気に映り込む、
なんだか息苦しい、寄港中の
バナナボートに乗り込む死魚である
燻し銀のペーパーナイフの重力のように

［補註］

＊hiniesta＝（ヒトツバ）エニシダを意味するスペイン語の植物学用語。当然ながらHは無音である（＝イニエスタ）。

＊セラフィーヌ＝アール・ブリュットに属する画家セラフィーヌ・ルイ（一八六四―一九四二）。代表作は《楽園の樹》。無敵の（サン・リヴァール）女と自称した。四一歳で絵を描きはじめ、七八歳で亡くなる十年前に精神病院に転院するまで、独特の密集的に精緻な花や果実や樹木や葉っぱの絵を描きつづけた。

＊砒素やセシウム＝科学博物館で販売している元素の絵葉書で、砒素は金色でセシウムは銀色。その毒性をいずれも管楽器状に

誇示している。

＊《光り輝く水（アッカ・ルミノーサ）》＝ギュンター・ユッカーのヴェネツィア作品集（2005,Chorus-Verlag）。同書の巻頭にユッカーの《釘のレリーフ》という作品が収録されてある。

＊フレーブニコフ石＝ロシアの未来派詩人ヴェリミール・フレーブニコフ（一八八五―一九二二）にちなんでアンゼルム・キーファーは谷底に転がる岩石を描いた。一九九三年池袋のセゾン美術館（今はもうない）で《メランコリア＝知の翼＝アンゼルム・キーファー》展が開催されたが、たまたま誰も観客のいないときの展示室でのこの絵の存在感は圧倒的だった。

＊文晁の石＝上野公園の藝大美術館方面口に設置してある。フレーブニコフ石はキーファーの絵画空間の谷底に転がっているのに対し、文晁の石のほうは現実の公園内にどっしり設置されてある。

25篇のアルテファクト

（あるいはアンフォルム群 second version）

甲高い声という発熱のボラーニョ桟橋を通過中の《昼でもなく夜でもなく》
ドクターヘリのローター音から晩夏の救急搬送のトリアージュまで轟音が着地する
既視の刃の両面をぎらぎら駆け下りるバルパライソかどこかのベイサイドまで
風穴洞のエンドレスノイズの最先端よりもステンレスの刃先の最接近よりもするどく

*

小皺ばかりのフィヨルドの切れ込み銀色の残滓としての焼き魚
火事の現場で断裂するラインハルト・サビエの痛恨のブレード顔貌の痕跡よ
今でもヴォルス作品の画面上に普段着の襞をギャザーして
バンクに置き去りの神経叢にぴくぴく隣接する競輪選手の動体視力

*

密猟される穿山甲（せんざんこう）の密閉ジッパー（うろこ）を何体もゆらぐ乱視界におさめ
料理人のカメルーン女性が即座に太鼓判を押す
皮剝ぎナイフ片手に《そりゃ食べますよ、おいしいんだから》
穿山甲はといえば大好物の蟻に舌をせっせと伸ばす

*

耳について離れぬ《非破壊検査》株式会社という社名の砂の谺自体
大雨に捩れる壊れもののＢＳ歌番組のＣＭとしてうってつけ
あるいはパリダカラリーの逆巻く砂粒のタイヤへの波状攻撃なみのインパクトを有する
ブラジルの鉱山の擂り鉢の底に蹲る銃弾大（キャノンボール）のトラックと同じく

*

思わず踏み抜きそうな鰯雲に覆われた消失点をねらう眼球で、さあ
タッチダウンだ舞台上の**jarry**腹（わた）のタップダンスで《粥》と語れ
一世を風靡した各種スパイスをわが味蕾を密偵（スパイ）しつつ
まずは《酸っぱい》とささやけ

*

昨夜来の半島からのジャミングも雨あがりの路上のレミングも
もっぱらミモザ作戦やコブラツイストの連続技であることで
蔓も地衣も海藻類のウェットスーツもいずれも退屈な《恐怖のオアシス》
自爆的にプラスチックスープも海原をぷかぷか移動する

*

さてボゴタの黄色よ、過剰な黄色よ、ゆうやく延伸する二等辺三角形の刃先よ
砂利ばむ無水酢酸のキーファー印ブリキ缶のぎらり暗黄色（ダークイエロー）の
相次いで沿道の枯れた白樺の樹皮へと骨ばむ野ざらし紀行
すっかり黄ばんだ無風がじりじりかじる廃屋のコンクリ片の裂傷よ

*

ともすればアンダーグラウンドからの埃まみれの逆光線を
いっきに駆け上がる動詞の勢いが流民たる変異体ビジアコ
この地形の急勾配を登りつめる手負いの健脚は稲妻のヒゲだろう
ここで豹皮の焦点を炙りだすメタボ＝メタリックな闇はだだっ広い

*

迷子石のロックンロールの果てに自然発火する青空残土よ
まぎれもないアトミックホラーの首が空無のデブリになびく
既製の時間鋏にスクラップされた夢の原因物質は岩の巨大なかけらとして
さんざん氷河期からごろまいてＮＹセントラルパークの片隅をめざす

＊

ともかく白日だった——鰭脚類の皆さんにも
光の環状列石だったわれこそはアシカ・セイウチ・オットセイなりと名乗り上げ
やがて暮れなずむ歩行も歩測もそれ相応の黒ずむ石になる
なんども耳からもがれている風のデブリの記憶よ

＊

晴天つづきでもガルガンチュアお気に入りの《蝸牛は、今月一杯が旬》
ロイ・リキテンシュタイン記念のＴシャツの微笑の
草色の地に黄色の印字、線路の置き石もどきに
朱色のハンバーガー台地の縁取りをどうぞ

＊

グスタフ・クリムトはといえばもっぱら眩いか眩しいか
画像も額縁もことさら金きら金の金襴緞子だ色彩的に八朔ゼリーは間もなく出現するだろうか
白色も緑色も金色含み、したがって生と死もましてや三つ巴の《希望》の懐胎も——
さて美術館のロビーに設置された大型扇風機の羽根だけはオレンジ色にたたずむ

*

あくまでもキリンの首の脂肪のような無添加のモナドが踊る胎内抽籤器
ライプニッツ動物園の型抜き動物バタービスケットたち
水陸両用戦車の歯触りも舌触りもバッグンの、空気の閂が
赤と黄のほどよく《登坂車線》として乾燥していればこそ

*

水彩の千切れたボタンとも彼女の端切れの布地ともつかず満月にはカミソリ負けに至る
七〇年代のホルスト・ヤンセン書簡集のドイツ語綴りの毬・毬プラス
August Kotzsch 撮影による一九世紀後半の断頭台であっけらかんと今や歯科診療室で
断ち割られた岩石にパイナップルを活けた写真《もうひとつの城》を添付する

*

《画家パーヴェル・チェリシチェフへのP・S》からの引用のざわめき。
ことごとく裂けるコードの先端にてざわめきの火花が飛び散る。静かに爆よ爆！
弾痕フレーズを列挙すれば《フレーブニコフの蛇列車に飛び乗って、途中下車》いずれ
《彼の絵画への光の飢餓の介入》にして《promissum のしわざ》《夢の過剰投与だ》。

*

そもそも殺風景であればこそ実景もフィルムの断裂も漂流するもの
絵の具の皮靴を履いたブッリの底なしの亀裂(クレッティ)をどう採取するか
錆びかけた釘だらけのデシベルの頭部をなんども咬み
ひからびた塗料がびらびら内転する電動ジューサーにおけるゴム輪の威力

*

あるいは思い起こせよさきほどは驟雨だった
水棲の小さな雀たちが真夏の電線に身を寄せ合い
緊急避難した、とはいえいくつかの島状地がきらめいて
かつてモンペリエの前衛ダンサーだった八月の水滴たちを

*

通りすがりの少年たちの口々から高性能な補聴器を通じて
耳寄りな話の炎天下のトランクルームの猛烈な照り返し
《なんだかアレはパラシュートの布地みたい》
耳が砂漠の空気摩擦で火ぶくれ刺創

*

何年も前から休廊中の駅前のギャラリイ。暗緑の部厚いショーウィンドウは埃の天国で、
大いにデッサンの意欲をそそる。無人の画廊内ではマーク・ロスコの《悲しい色やね》調
ともいうべき抽象画が内壁に斜めに掛かっている breakdown のオブセッションに駆られる。
西日のあたる外階段にみしみしスピノザウルスの気配がする今日この頃だ。

*

いつもの交差点を渡りきったところで、巧みに撮影機材に
レインコートを装わせ、９月の雷鳴を合図に駅出口から横殴りの雨と真っ向勝負で
駆けだす無謀な乗客を数秒間のテレビ放映のため好アングルで撮影しようと待ち構える
ポジショニングに長けたヴェテランカメラマンは雷鳴にはびくともせず

*

俯いた男の視線の先にマンホールの蓋
そこには《合流》の二文字が盛り上がるアンダーパスの
《酸素欠乏危険場所》からザオ・ウーキーの濃紺の奔流が
ラーゲリ群棲地跡の広大な地図上のレナ河とオビ河と同じく貫流した

*

どろどろぎらぎらしたタール状のブラックアウトがつづく、
電脳ブリザードの吹きすさぶアトミックホラーを内蔵したホワイトアウトは回送中（アウトオブサービス）なのか。
その気になればテイクアウト可能な《直角貝》の機影が油田の歯槽に飛来する、
そのバーンアウトの瞬間的画像が何度もテレビ画面上を揺曳しているのはアパシーの極みなのか。

*

いくら秋波を送っても知らんぷりのあの犬は主人待ちのやはり老犬ではないだろうか——
イタリア未来派の動体コンセプトを援用すれば敏捷さはあの犬にはてんで
なさそうだから。それともマイブリッジの動体写真を下絵に起用したフランシス・ベーコンの
作品モデル役をキミに演じさせるのは酷だろう。おどおどしたキミの目玉を見たらなおさらだ。

*

少しでも傾ければべとつく指紋だらけのタブレットの画面をいとわず
ＬＣＣの片肺飛行で飛び交う車輪の頬寄せて《ああ》とか《おお》の群れ
それらの濡れ手に粟でもバナナの褐色の斑点でもなく鱈の白魚よ
詩人リッツォスの歯間には果たして何色のレタスの葉がふさわしいか

＊

ない窓に灰色のサッシが横並びにきちんと嵌まっていても、無限大に歯ぎしり
チェーンソーどころか、もはや火の蟻のうごめきは破断寸前、脳天の空色には察知されず
ない窓の蟻のヨットセーリングは暗夜の蜜の味えんえんと暗渠のシロップ漬にどっぷり
肌色の夏服とちょこんと束ねた後ろ髪とて口腔内の微風にそよぐ火事の現場

［補註］
＊ボラーニョ桟橋＝ロベルト・ボラーニョはチリの作家。代表作の長篇小説《２６６６》をはじめ散文作品の大半は邦訳されている。桟橋はといえば、そうしたボラーニョ作品を所蔵しているある公共図書館の前の人造池をとり囲む木の板に晩夏の雨が全身を叩きつけていた。演歌の定番の雨の日の桟橋のように。《昼でもなく夜でもなく》は　ジュール・ド・バランクールの絵で、ボラーニョの《２６６６》の邦訳の表紙画に使用されている。
＊ラインハルト・サビエ＝ノルウェーのアンフォルメルの画家。二〇世紀末にアトリエが全焼後、作品発表はもっぱら電子デー

タに頼っているとのこと。

＊ブラジルの鉱山＝写真家サルガドによる一六トントラックを含む鉱山労働の活写。

＊**jarry** 腹（わた）＝アルフレッド・ジャリの抱腹絶倒劇《ユビュ王》の主人公の太鼓腹を想起せよ。どんな太鼓腹に仕上げるかは振付師の腕の見せどころ。

＊《恐怖のオアシス》＝シャルル・ボードレールの詩篇からの引用。

＊ボゴタの黄色＝ジャン・ボードリヤールが撮影したボゴタの鮮明な黄色の建物。ジャン・ボードリヤールの《消滅の技法》（PARCO出版）に所収。

＊ビジアコ＝**bisiaco** とはそもそもイタリアのビジアカリア・ゾーンの住民あるいはその方言を指す。この語はクラウディオ・マグリスが指摘した通り、《**bisiaco** という語は亡命者、流民を意味する》。ちなみに小学館の伊和中辞典には収録されていない。ところが指小語尾を加えてビジアッコ（**bisiacco**）になると《奇妙奇天烈》を意味する。

＊《蝸牛は、今月一杯が旬》＝ラブレー第一之書《ガルガンチュア物語》（岩波文庫）からの引用。

＊**August Kotzsch**＝一九世紀のドレスデンの写真家。《もうひとつの城》というかれの写真作品は、ボラーニョの長篇小説《2666》のフランス語訳本（クリスチャン・ブルゴワ刊）の表紙に採用された。

＊《画家パーヴェル・チェリシチェフへのP・S》＝ロシアの現代詩人コンスタンチン・ケドロフならびにエレーナ・カチューバの主宰するモスクワの詩誌《**по**（ポ）》に、二〇一九年三月、この詩のロシア語ヴァージョンが画家パーヴェル・チェリシチェフ特集の一環として掲載された。日本語ヴァージョンの全文は詩集《アンフォルム群》（七月堂、二〇一七年）に所収。

＊**promissum**＝オルドヴィス紀のコノドントの化石で、実物は色合いや形状からしても現代美術作品のようだ。

＊ブッリ＝イタリアのアルテ・ポヴェラの画家 **Arberto Burri** のこと。これまた代表作の **cretto, cretti**（イタリア語のタイトル）は亀裂のこと。英語では **crack, cracks** である。基盤のまさしく破砕、破砕音。

＊LCC＝近年増加しつつある格安航空。

《ビオモルフィスム》

1　世紀末まで

こんな不安定な土壌中を潜航蛇行しつつ
ストラヴィンスキイの《春の祭典》を根こそぎ聴きとりながら
この晩春に池田龍雄の一九七〇年代・八〇年代画に
多数の浮遊物体・曲線浮遊体を目撃した
瞠目する眼球や蛸や烏賊が横臥したもの
（とりわけ踊る蛸については
クレタ島出土の葡萄酒甕を比較参照のこと！）
宇宙卵そして胚、胎生する浮遊体
絡まり合う球体にして胎児、おお紐扉

博物館の陳列棚にて埃っぽい瓶詰めの
フォルマリン地獄の幻臭を幻影に嗅ぎつつ
弓なりに闊歩する胎児大文字の BRAHMAN シリーズ
湾曲して折れ曲がる鉤や爪
画面には抒情性を剥奪された六角形の雪華
（ここでベントレイの snow crystals の写真の隊列をいったんフレークせよ）
十一月の跳躍の波打ち際には断続的に
いくつかの変哲もないテトラポッド（青空のマンタの傷口よ）
画面の配色はテラロッソ系よりはむしろグレイトーンで進行中
アレサ・フランクリンの生前の衝迫的な歌声を
闇雲にボーダーレスに流したくなる

2　レトロスペクティヴに

過現未パラレルテクストの

アンモナイト図鑑の安息角からくるぶしが
オディロン・ルドンの《不格好なポリープ》の単眼に
（なおかつ池田龍雄の《化物の系譜》の多眼性に）トポロジックにワープした
後頭部と前頭部――まさに後ろ前に描かれ（簾頭！）
食いしばった歯は汚れたまま生えそろってはいても
ネメグト渓谷で発掘されたタルボザウルスの歯列そっくりの
有刺鉄線もどきの歯列であえて
歯を磨かず歯ぎしりも凄かったろう
ポーラ美術館の《ルドンひらかれた夢》展のチラシには
ど真ん中でべろんとサーヴァルAの舌に正対しつづける
単眼の義眼にして上目遣いのボールベアリング＝虹彩だ
箱根はなぜか遠すぎて今も私は観覧できず当のチラシ圏内にはぎとぎと
蜘蛛のぷっくらお腹や屋根なし（センツァテット）太陽の黒点もどき
コブラを召喚する砂漠のポピーの群棲の真紅の膨らみ
極東の一部上空でうごめく秋雨前線のもとで

砂岩の《火焔崖》での恐竜の連続歩行跡を幻視しつつ

［補註］

＊BRAHMANシリーズ＝二〇一八年に練馬区立美術館にて池田龍雄展が開催された。一九七一年から一九八八年まで一章につき三〇点制作された池田龍雄の絵画BRAHMANシリーズ。全十章で《梵天》《宇宙卵》《球体浮遊》《螺旋粒動》《点生》《気跡》《結像》《晶華》《褶曲》《場の相》という詩的にエキサイティングなタイトル群からなる。

＊ベントレイのsnow crystals＝ウィルソン・ベントレイ（一八六五―一九三一）は生前五千枚ほどの雪の結晶体の写真を撮影した。写真集《snow crystals》は一九三一年にMcGraw-Hillから刊行され、二五〇〇枚以上の雪の結晶体の写真が収録された。snow crystalsはsnow flakesとも言う。

＊ネメグト渓谷で発掘されたタルボザウルス＝《アジアの恐竜》（国書刊行会、二〇一三年）によれば、旧ソ連の恐竜学者たちはモンゴル・ゴビの南西地域に位置するネメグトNemegt渓谷で《世界で最も豊富な「恐竜の墓場」を発見し、最も重要な恐竜の遺骸を掘り当てた。（……）たとえば巨大な食肉恐竜タルボザウルスtarbosaurusなど（……）》。

＊サーヴァルA＝アフリカ産の長脚の山猫servalでタテ位置のその姿はアルファベットのAを思わせる。多摩動物園でもチータ園の斜向かいで飼育されているが、颯爽としていると思いきや、観客の目にはなんだかぐったりしているように見えた。

＊屋根なし＝イタリア語でセンツァテット（＝屋根なし）とはホームレスの意。

＊砂岩の《火焔崖》＝アメリカの恐竜学者ロイ・アンドリュースはモンゴルの南ゴビのエレン盆地の夕陽に染まる切り立った崖を火焔崖Flaming Cliffsと名づけた。その砂岩の崖は最も豊富に恐竜の化石を産出した。

詩的ポンジュのオイスター・バー

ポンジュ瓶の硝子ごしに

セピア色に沈む校庭の metasequoia のよそ事になる瞬間を予期して斜線で
ゲッシ類願望の実現をはかるプロフィールの赤色でも緑色でも絵の具よ
もっぱら《バルトークＳＱ》暈倒の傾斜角はきびしい。現行の闇の要木枠か
そもそも暗渠への driving-diving か案外滑り込むジュラルミンケースの銀色か
思案の刺客の耳もとでは豹のタップダンスがじんじん檻の床を踏みならす

まんじりともせず詩人ポンジュ氏の操る単純未来形を待ち伏せれば
たとえば《冷却の緩慢なカタストロフ》の歴史と度しがたく
《永続的風化の歴史》は垂涎のポンジュ詩集が某図書館の廃棄本でありながら

その相互のデリケイトバランスを動物園の白熊のように黄ばんだ鍾乳洞で
《刃の欠けたナイフ》をもはや単純に保持するしかないだろう

　　マルドロール発祥のデブリの swing に対抗するには

間断なくじゃりじゃり（ラジオの音声を）ノイジイ・マルドロールを
サッカー選手並みにリフティング、すかさず朱色のデブリに取り付く
いそいそとガレ場の歓待する剣山という退屈な類推の山のディストピア
錆びた隕鉄の物体的意地は断続的捻挫＆光の歪みとしてまずは快哉を叫ぶ
インヂゴ地にグレイという錆迷彩の非常線の裏をかく雑色の腸（わた）とて《抜去》

鶏頭デブリの小首を傾げる間もなく解体された消火栓、これほど励起する
静かな修羅場における不機嫌とファイト機運は果たして森林浴のヴィスか
近頃やたらと不眠症をかこつボクサーにも、フェアトレードのバナナを

投入せよ、体内に潜入直後の元Kサーカスのブランコ乗りもびゅんびゅん
間断なく絶食（＝減量）のスウィングドアを煽る超絶的オクシュモロンは

［補註］
＊《冷却の緩慢なカタストロフ》の歴史／《永続的風化の歴史》＝ポンジュ詩篇《小石》からの部分的引用。
＊《刃の欠けたナイフ》＝ポンジュ詩篇《牡蠣》からの引用。

［空地を遮光瓶に捕獲せよとささやく……］
second version

I

空地を遮光瓶に捕獲せよとささやく晩夏の空
驟雨は空の舌の根の抜栓
あるいはざあざあ夜来の食器の底へ
空地と空隙の差異はなにか
湧水池はどうして押し黙って間投詞をさんざん
投げつけては煌めかせるのか

あるいはざらざら鬱血晴らしのコンクリートであれ
当座の砂利であれ空地の鉤括弧であれ
画集《november》に滞留するホルスト・ヤンセンと化す

乾いた草いきれよ磨り減ったタイヤの破れ目をのぞく埃の眼光よ
もっと光の飛散が進行する前に
もっと光を剣山もどきの尾根に回収できればいい
空地にやがて草は密生する

水上の湧昇にか
それとも陸上の島状丘(インゼルベルク)にか
全貌は見えないからこそビュンビュン
季節外れでも枯草熱の電流は横っ飛ぶ
その対岸には時間の焼け焦げたマッチ箱
火花を背に煤けたグラス
いくたびか光跳びを起こしたCD月面宙返りの胸騒ぎ
たまたま埃っぽいゾッキ本の頁に見つけたのは
NYハルマゲドンの落書き

あるいはフライドチキンの油をとばして錆を肩甲骨に召喚せよ
フライパンの平底から今しがた強火でどんどん残水を錆の檻に追い込む
怒り肩のチキンレースはしだいにトートロジックに消耗する

これらの檻の格子から調律師にしろ彫金師にしろ
たとえば絵葉書の鳴門海峡の渦潮よろしく
丈高いセピア色の草いきれよりもすばやく
脳内の稀覯本の花綏ルーペによるアラベスクまで
夜来の窓ガラスに《びしょぬれの羽毛》プラス
羽ばたきの水滴の気まぐれな着地
視覚的には揮発せず
移動しつづける水滴の爪先に

［補註］

＊《november》＝ビルギット・ヤコブセンに捧げられたホルスト・ヤンセンの画集。一九七五年 Verlag Galerie Peerlings 刊。とりわけここに収録された密生する丈高い枯草の写真が圧倒的だ。

＊NYハルマゲドンの落書き＝二〇〇一年に刊行されたベアトリス・フレンケル《九月のエクリ》に収録された。

＊《びしょぬれの羽毛》＝シェイマス・ヒーニーの詩篇《沼の女王》からの引用。

Ⅱ

ここは北国の橋上のゼロ番地だと告げるブリザードの蝶番
無理を承知で
牙関緊急に棲息する錆の蝶番
ぐるぐる渦巻くゴーストの蝶番
鉛色の時空へと急発進した
写真家チタレンコの画面では
湿気と呼気と雪の浮上させる illusions が

スクラッチ&ノイズもどきに
なんども交差した

空気を削った
歩きだすや静止した
濃霧の運河の湿気にじかに接触する腕で運弓する
チェリストの肘がスキューバ狂のように
ショスタコーヴィチの楽想の靴音を削りだす
たとえば耳の鉄路に入線してくる
JR貨物の《青い稲妻(ブルーサンダー)》号の連結音よ

ここはペテルブルグ近在の採石場からでもほど遠い路面
あるいは鉄のてすりのぶらんと折れかけた小階段
そもそもは河岸段丘の空地への発吃トラップ音のしなりよ
ペテルブルグの運河の網の目で爪弾かれて

北国だからこそ
はやりの熱帯幻想よろしく
なんども珈琲豆のように挽かれて
ほどなく柑橘ターンする
たわむ肉桂
たわむ検眼表の黄ばみ
たわむ無音の桿状ヴィールス
ここはカミソリ刃を光源とする水たまりの水面
あるいは移動するにつれてひきつる銀紙のじゃらじゃら
影向ひきつるエクストラドライ
ひきつる嫌気性アルトー皺よ
鬱血のフリーズドライ
削られた空気は刃から刃へ跳びはねていく
どんどん灰ばみやがて鉄灰色に接近する

ショスタコーヴィチの弦楽が
チタレンコのモノクロフィルムとスパークリング
交差する瞬間にその画面は線影の蝶番になった
錆びた風の叫びの蝶番になった
どうにも剝がれない革手袋の裏地になった
吹雪の緩急自在の追憶になった
廃車をぎりぎり免れた車の走行音になった
あらゆる《可動域》のスクラッチ&ノイズになった

しかるに冷気は狼の裸眼のヤスリをとことん喰らえとばかりに
わが空耳に侵入してきた

［補註］
＊北国の橋上のゼロ番地＝たとえば国内でも実際に北海道の滝川市内の小さな橋上にも存在したらしい。
＊チタレンコ＝アレクセイ・チタレンコはロシアの写真家。一九六二年レニングラード（現サンクトペテルブルグ）の生まれ。

代表作は戦慄的な連作《影の都市》（一九九二―九四）、同じく連作《サンクトペテルブルグの黒白魔術》（一九九五―九七）。写真集に**Alexey Titarenko Photographs**（サンクトペテルブルグ、二〇〇〇年）がある。

ヴェリチコヴィッチに寄す

Ⅰ　濃霧のプラグを引き抜いて

頬骨の突き出た元高校教師はハスキーヴォイスの持ち主だった
埃っぽいおんぼろ扇風機ほどではないが不意に彼女の首筋が緩んだ
カフェでよく見かけた頃は同窓の夫はもう寝たきりだったのか、
今や老女優の迫真の演技のみならず
死別の覚悟が彼女を気丈に見せていたのか
血まみれの鉤の動向を幻視する痰の滑車の《上昇》も《下降》もだ
血痰の括弧をはずした双方のヴェクトルを追え
半身を捻っては叫びおもむろに死を積分して

指紋の括弧をはずした小柄で無防備な
ギリシャの透明なウゾ酒《Eleni Karaindrou》曲なる
雨期のスプラッターもどきころころした体形の《ソリプシスム》の
括弧をきいきい歌姫ヨゼフィーネさながら各カタストロフの仰角を
喉のアポストロフに季節外れの喪服のほつれを思いきり全力疾走だ

これが同窓の校庭の metasequoia の他人事になる瞬間を見計らって
ゲッシ類願望の実現をはかるプロフィールの赤色でも緑色でも
《バルトークSQ》暈倒の傾斜角はきびしい、闇の唐変木か
そもそも暗渠への投首か滑り込むジュラルミンケースか、
思案も投首の斜影の耳もとでは
豹のタップダンスが檻の床を踏みならす

Ⅱ《時間鋏》の鏡片

いきなり考えろ（think）よ気色ばむ脳内キッチンの流し（sink）よ
油井弁よ、当然ここでは時間測定はバンジージャンプで
被覆されるジャンプによる、おお決死のbungee cord
すなわち蒸し上がる空無におけるネズミ計時は
紛れもなく赤褐色とセピア色のせめぎあい
の溢れを未然に防止せよ、延長コードは盲腸線か

やおら死の毳立つネズミは滑車のリフティング
鮮紅色の悪循環やら色彩的デラシネよりも
味蕾をふさふさと戦がせるチェーンソウの刃こぼれ
ツェランの《鏡の中の鏡》という昏迷、《筋肉の束》をつつく
ツェツェ蠅切手よ逆V字バランスの連続体をばツェランともども
《鉤》の夜は黄色のポールを画面の左サイドに立てかける

おおヴェリチコヴィッチの直筆による、血腥い画面にして
時間の蜜の罠（ハニートラップ）からの血みどろの解放を、無音の斧（アシュ）の浜辺よ、
大至急、色彩のあえて消音器付き銃弾 cannonball を同時代の画家
アレシンスキーなら《極地の夜》と名付けそうな《場所》から
退屈な時間の高性能の釣り竿めいた黄色のポールを
画面右斜めにも立てかける

Ⅲ　マルドロール発祥のデブリの swing に対抗するには

間断なく（ラジオが音声を振りまいては）マルドロールを
リフティング、すかさず蹴り上げる《呼吸できない空無の
雲間で》（《散瞳》）いそいそと岩峰の歓待する剣山という
類推の山のディストピア

着地は断続的捻挫もしくは光の歪みは鋸歯状に快哉を叫ぶ
張り巡らされた非常線の裏を狙えよマルドロール

鶏頭の原色の小首を傾げる間もなく解体された消火栓
こんなに静かなる修羅場における
不機嫌とファイトははたして同義語だろうか
ちかごろやたら不眠症をかこつボクサーもさすがに不戦勝嫌い
サーカスの元ブランコ乗りも健在のジュークボックスのように
びゅんびゅん間断なく絶食（＝減量）のスウィングドアを煽る

Ⅳ　ル・クレジオ／ヴェリチコヴィッチ《散瞳》あるいは
　《時間鋏》の鏡片を想起せよ

《視線の奥底にはこれらの石しかなかった

リシア輝石
瑪瑙　金紅石　硬マンガン鉱
鋼玉（コランダム）
方鉛鉱　方解石
黒曜石
緑玉髄
燧石
風信子鉱（ジルコン）　金緑石
碧玉　辰砂　苦礬石
紅玉髄
玄武岩
蛇紋岩　ウラン鉱（ウランフェーン）
石英（クオーツ）にして水晶（クオーツ）だ　石英（クオーツ）にして水晶（クオーツ）だ
石英（クオーツ）にして水晶（クオーツ）だ　石英（クオーツ）にして水晶（クオーツ）だ》

（ル・クレジオ詩ヴェリチコヴィッチ画《散瞳》fata morgana刊、一九七二年四九—五〇頁から翻訳して引用）

［補註］

＊ヴェリチコヴィッチ＝一九三五年セルビアのベオグラードの生まれでフランスで活躍する画家ヴラジミル・ヴェリチコヴィッチ。哲学者ミシェル・オンフレによる出色のヴェリチコヴィッチ絵画論《カタストロフの壮麗さ》（二〇〇二年ガリレー刊）には一九点のカタストロフ画が収録されている。作家J・M・G・ル・クレジオとのコラボ本《散瞳》には、ヴェリチコヴィッチによる七葉のうち一種のトレーシング・ペーパーに眼球などの解剖図の版画5点が収録されている。

＊《ソリプシスム》＝哲学用語としては独我論。

＊bungee cord ＝写真で見ても悪寒を催すバンジージャンプの命綱。

クラッシュ、そして plastic soup 紀行

モノを砕くクラッシュには
うなりをあげるクラッシュ時には
卓上で風をともなう、ふわーっと頬を撫でる風を
はじめて新潟港の埠頭でフェーン現象に遭遇したときのような
気象学の教科書を肌で繙けば確かに生暖かい風、
ぶつかるモノが金属製であれプラスチック成型によるものであれ

《詩人 Ritsos の即座のR音出動こそ
直射日光を鋏の眼のように差し招く
レンズ豆は無数の変異体インヂゴの海底からの盛り上がり（…）
スカイブルー仕様で裏ごしされたインヂゴという色彩よ
空気が非銀のザイルでふちどった

イン di ゴの傾斜をなんども滑って滑って
（…ここでカスタネットを小気味よく鳴らして）
varech! varechii!――《海山火事》も多重に漂着するぞ――**vvarech!**》

日本海の水深九一〇メートル
マリアナ海溝水深一万八九九八メートル
海面のポリ袋片も海中のプラスチック片も
イソギンチャク（＝海のアネモネ）の
びらびらの **fragile fragile** 壊れものに要注意！
花弁もそれらの海底への穿孔もいずれも

イヴ・タンギーの画面の衝迫力を上回る
biomorphique たる画面のシュルレアリテの構成要件としても
色彩的なレアリテとしても
なんだか迷彩的に擬音化している

（私はこの二枚のカラー写真をスクラップして
取り急ぎ習いたてのアクリル画を仕上げよう）

いまは本の山に埋もれて見えない文字だらけの Sciences の当該ページ
ハワイ沖の海底に浮遊する、あるいは砂地まで吊されて
海洋の plastic soup に関する続報をプラス
雲散霧消どころか
一帯の聾片を
透明なポリ袋片も旋回させつつ
成形肉よりも多彩なマイクロプラスチック片も旋回させつつ
もっぱらそれらの水中ダンスもばらばらに
海底図形へ着地するコブラツイストの漂着物あり――
その場でまたふたたびクラッシュ！

雨天の図書館内できまって

窓外の濡れた路面を悄然と眺めつつ
一九三四年《君を待つ》とタンギーは語る
君待てどもじゃあじゃあ雨期なんだから
もっぱら biomorphique に言いつのる
そこは晴雨兼用の《巨大な石切場》というより
むしろ無限大（アランフィニ）の海底だろうに、
砂粒大の文字の集う紙面であれ
たとえばマリアナ海溝の海底に漂着する
プラスチックスープともども

二〇一八年晩春に
テレビ画面上で
提示されたビーカー内のマイクロプラスチックスの
ぷかぷか片頭痛のかけら
（フレームの枠外にて幻視する

ぶらぶら導火線のような黒い線、
先端が白くシュルシュル火花のように裂けたコード）
この裂けたコードをデリダ的に褐色の濃淡で描き出せ！
点々と実験動物もどきの回転木馬みたいに
水を澄ませば色とりどりの
そのビーカーをすばやくスケッチした
ケーキのトッピングのように
風立ちぬ不凍液の泡のように？
真夏を病む珊瑚礁における
赤の／緑の《褐虫藻》
ますます褐色に貫入する《褐虫藻》…
そして二十一世紀版褐色混じりのカンディンスキイへと延命した
タイムリイエラーの更新画面よろしく
クラッシュの色彩は全面的に滴るのみならず
急激に飛び跳ねる

［補註］

＊詩人 Ritsos ＝ヤニス・リッツオスはギリシャの現代詩人（一九〇八―一九九〇）。一九七五年にパリで刊行された濃いレンガ色の袖珍版の仏訳の愛読詩集 Papiers。

＊varech ＝ヴァレックはフランス語で漂着した海藻を意味する。varech という表記はその原形のゆらぎと海藻の褐色を髣髴とさせる。詩篇《ギミックサラダ》からの不確かな部分的引用。

＊biomorphique ＝字義通りには有機的形態造形を指し、たとえば絵画的には、イヴ・タンギーなどの作品に言及する場合に用いる。ビオモルフィスムとも言う。

＊この二枚のカラー写真＝二〇一八年五月一五日付の朝日新聞朝刊に掲載された海底のカラー写真。

＊Sciences ＝二〇世紀末ＮＹで刊行されていた科学誌で、毎号誌面にはモダンな芸術作品が、単なるイラストの域を超えて点在していた。この誌上の文字だけの報道で plastic soup という用語と論評にはじめて接した。

＊導火線のような黒い線／裂けたコード＝ジェラール・ティトゥス＝カルメルの現代美術作品《ポケットサイズのトリンギットの柩》。ジャック・デリダは《カルトゥーシュ》でこの作品を論じた。サドの《ソドムの１２０日》のような白く湯気立つ柩の上で急激に軋るゴムのタイヤの焦げ臭さとともに変容する、ほぼ同数のコード付き闇の箱のドローイングを想起させる。

＊《褐虫藻》＝珊瑚の幼生のエサとして、一定グラム調合して与えられるマイクロプラスチックスの色彩的に褐色に劣化していく《褐虫藻》。二〇一八年七月二八日付朝日新聞夕刊の当該記事を参照のこと。

＊褐色混じりのカンディンスキイ＝諫山卓弥の撮影した東京湾のプラスチックごみの写真。二〇一八年七月三一日付朝日新聞夕刊に掲載。

五月の Bud Powell を聴きながら旧石器時代を化石紀行、骨紀行

《沖縄の旧石器時代が熱い！》
二〇一八年春国立科学博物館企画展

われら両生類、極細アメイジングにホルストガエルの化石
われら両生類、極細アメイジングにナミエガエルの化石
われら両生類、極細アメイジングにイボイモリの化石

ドイツシーメンス製補聴器よりも小さい
耳の化石はガラスの展示蓋に少年のように一瞬白く鼻息で描く
線刻の文字列も同然だ

雨天のハシブトガラスの黒い骸の化石には
骨の空洞。いわば骨のフルートの三万年分の埃のエデンが
斜めに不定形に顔を覗かせて（吹き鳴らす）

大太鼓のずしんと腹に響く音を体現する
《礫器／石器》は見た目にずんぐり《亀背》なるフレーズをまとい
部厚い石のハムのさらなるスパム化をはかる

亀の化石はまさしくクリップ状の楽器
すなわちその楽器たる片鱗はミニアチュアの蟹殻
反海老反りの半月刀のカーヴならびに釣り針の見事なサンプル

板上の猪の化石の配列は漣痕にそっくりだ
たとえば風車（かざぐるま）は爪だろう、逆も真なり——いずれも爪のせせらぎ文様だ
骨の、石の（すべては風の…）あるいは波の音階、ぐしゃっと風雪流れ旅よ

発掘された旧石器人の人骨は石英にそっくりの白い煌めき
コブラのようにしきりにツイストしていた、その都度
板上にころがされた人骨は期せずしてドロップスやビーズ玉の形状を呈した

博物館をそぞろ歩く無防備なアキレス腱はあえて凪の食用痕に着眼する、
フラッシュ嫌いの人骨に凪はそれぞれ自前の文体練習をそよがせる
凪は生き物だったという伝承の痕跡をたえず実証せよ

絵の具の荒れ地の地層のような三万五千年前の《咬耗の進んだ》琉球鹿の食用痕
指腹になじむ画用の木炭のように胸騒ぎの焼け焦げた調理痕
波に乗り上げた爪の文様よ爪のというより連痕に確かに相当する

P・S（1）脳内で《灼熱のトランペット独奏（ソロ）》を奏する前にサキタリ洞窟にて

フェルマータだと知らせるためにモクズガニの鋏の先端には角笛を
フェルマータだと知らせるためにモクズガニの鋏の先端には角笛を
フェルマータだと知らせるためにモクズガニの鋏の先端には角笛を

脱ぎ捨てられた大小さまざまの靴音の音列は蟹の鋏の開閉音
脱ぎ捨てられた大小さまざまの靴音の音列は蟹の鋏の開閉音
脱ぎ捨てられた大小さまざまの靴音の音列は蟹の鋏の開閉音

P・S（2）ボールペン（ヴェトナム製）の使用法について

亀だ・きらっと貝の釣り針・猪の歯——の輪郭を逐次ボールペンでなぞり
蟹という漢字を構成する極細の骨また骨
俯きかげんに右脳に左脳に骨の先端の微細動
尖った打楽器のスティックのようであり
このボールペンで聾という漢字の耳もどきの線刻に率先して

ピン先で青灰色を塗り込める
いわば眼帯で血の滲むような筆順空間か？
マヤコフスキイの声をかぎりの慟哭の
鉄骨の錆と同じく衝迫的…

［補註］
＊《灼熱のトランペット独奏（ソロ）》＝エレーナ・シュヴァルツの《稲妻のダンス》と称される珠玉のチクルス中の一篇。一九九七年の作品。邦訳は Ganymede vol.39, 2007 に収録。

エレーナ・シュヴァルツ（たなかあきみつ・訳）

灼熱のトランペットソロ独奏

踵の下には放電——
赤い流れが体を放り上げる、
血管を疾走して
頭の灯火を点灯する、
ここにふわふわの蝶々の

群れが飛来し、
蝶々らは灯火を喰らいたがり
炎も飲み干したがる。
氷島の灯台は
瞳のように極点へ飛び、
波はといえば灯台に語りかける、
その腰をつかんで引きずりながら
分かっているよね――何年間地球は
樹陰をさまよったか？
駆ける踵めがけて編み紐を引っ張りながら
哀しい乙女は憔悴した。
彼女は芯から掘り返し
じぶんはマントをかじった。
未知の海域で
灯台が打ち震えまたたくように。
いったいどうしてこの汗まみれの労働なのか
地球やおんぼろ血管の？
身軽な蝶々の群れが
燃え尽きて塩や埃と化すようにと
血管という血管はぱちぱち弾け、髪の毛はその火花できらめく……
天空はなんとわれわれに注目していることか！
地球の愛はなんと
消耗していることか――何が這い上がらせ

かつ歌を椎骨で送り届けようとするのか、
地中から、床下から、
闇の中から――汝の耳に届いているか
灼熱のトランペットでの
わたしの息継ぎなしのソロ独奏が？

＊サキタリ洞窟＝沖縄の後期旧石器時代の遺跡、二〇一八年国立科学博物館の《沖縄の旧石器時代が熱い！》展で貝器やモクズガニの出土品が展示された。

静かなるもののざわめき

P・S（a）goggleはといえば文字の歯間ブラシのように

視界不良のあらゆる曇天を度外視した
goggleの原綴には二本の立棺
あのボスポラス海峡の両岸を跨ぐ膝蓋骨
&頭蓋骨、極細の鳥の骨よ

真夏でも白い息を吐く《冬隣》の変哲もない巨石が安置されている
街頭で《おいしいよ》を連発するケバブの回転塔
じつに気紛れな気象のedgeの軋るG線が
安息角でミズクラゲのポリ袋状のサイバーダンスにいそしむ
あるいはうかつにも水中のカモノハシの水掻きの動線のように

すっくと二本脚で歩哨に立つプレーリードッグのように
あるいは東京のもろダークイエロウに暮れなずむ
工事現場の《安全+第一》という楷書体の表示板を
口腔内の風船もどきのキシリトールガムとてちぎれた舌平目

音韻的にニーチェの《悪循環》を介して
ヴィスの原綴を内蔵した
オルドヴィス紀のウミユリのそよぎ
新参のフィクサチーフの噴霧を吸引した絵の具の jiggle よ juggle よ
奇しくもラヴェンダー色のでこぼこ地の展伸とて、しうねくゴルの妻もどき
脳内で《とげの森》FM放送のきりっと邦楽の垂れ流し音声をも
やおら goggle の主は横目に見て、車内の空席をカウントするでもなく
病院通いの送迎車の運転手は概して無口で無表情だ

［補註］

＊変哲もない巨石＝当面は札幌市資料館前に設置されている島袋道浩作の巨石。十トンを越える自然石《幸太郎石》。表面は石の逆鉾だらけ。二〇一八年六月一〇日付朝日新聞《アートリップ》欄に掲載の写真を引用。

＊プレーリードッグ＝ナショナルジオグラフィック誌日本版一九九八年四月号収録のプレーリードッグの写真をもとに、色鉛筆でタイムトライアルもどきに毛並みを細密にスケッチした。ちなみにロシアのザバイカル地方に棲息するシベリアマーモットはプレーリードッグと全く同じポーズをとる。（増田隆一『ユーラシア動物紀行』の口絵33を参照のこと）。

＊ニーチェの《悪循環》＝黄色の表紙の初版本であるピエール・クロソウスキーの出色のニーチェ論《ニーチェと悪循環》。次項のヴィスと音韻的にリンクさせるために悪(ヴィス)（悪循環）の好意にすがる。原題の《と》を詩行の《の》に改稿した。

＊ヴィスの原綴を内蔵した＝フランス語のヴィスと悪は同音で、綴りとしては **ordovicien**（オルドヴィス紀）には、むしろ悪(ヴィス)が内蔵されており、一方、悪とヴィスは同音なのでヴィスを内蔵したとここで言っても間違いではない。詩的にはそのほうが興味深い。

＊ゴルの妻＝詩人イヴァン・ゴルの妻はクレア・ゴル。詩人パウル・ツェランに対し、盗作の疑いで何度も訴訟を提起した。

P・S（b）生命の楽園はといえば

《…その姿が見えるより前に、皿がばりばり割れるような音が聞こえてきた。カンムリブダイの群れがサンゴを食べる音だ。藻を摂取するために、この魚はサンゴをかみ砕いて食べる》、ちなみにカンムリブダイの《体重は90キロ弱、体長は約1メートルにも達する》

（David Doublet《サンゴが育む生命の楽園》からの引用）

［補註］

＊《サンゴが育む生命の楽園》＝原題は coral eden（National Geographic, january 1999）。ちなみにこのほれぼれするような訳文は同誌日本版からの引用である。

P・S（c）隕石学的には

星の傷（アストロブレーム）、星の繭（ステラーコクーン）を
やおら経由して——爪先立つ無数のコンマを散布する
砂漠のタイヤ痕の延長線上の流星群まで
乾ききったあのいびつな《ひまわり》の消印を
かつてデヴォン紀にてヒトデのぐねっと腕の lace で縁取られた
その名もヘリアンサスター環ならびにパレオソラスター環を
相次いで羽ばたかせる閉鎖中のギュメ

ヴァン・ゴッホの画面の太陽の縞唇
あるいは良質の黄色の絵の具で畝々と
その夥しい鴉星羽＝びらびら絵の具の鞭毛からも

屋根なし太陽(センツァテット)よグッドラック
日めくりの豪勢な緑色という壁の植生
に加勢してゴッホ書簡集の一角でまたたく黄色のランプ
ばらばらとパラサイトとニッケルを召喚せよ

［補註］
＊ヘリアンサスター＝《デボン紀の生物》（技術評論社、二〇一四年。ここではdevonianなのでデヴォン紀と表記）によれば、《生命史上、最大級のヒトデ。大きなものでは直径50㎝をこえることもある》。パレオソラスターは《直径25㎝をこえる大型のヒトデ。腕の数が25本以上ある》。

P・S（d）ぐねぐね暁の死線（デッドライン）どころか、辞書の断層

と題する初冬のダークイエロウの辞書の斜態を描いた一葉のスケッチ
なんども褶曲してヒトデの腕の目的地＝見出し語までページをめくる
極地探検家の残存指紋だらけにもかかわらず
もはや記憶のページはホワイトアウト、

辞書はシガレット仕様のインディアンペーパー
なおさら汽水域のねぐらのように顔面と上半身は
カーニヴァル専用のピンク色対水色のジグザグ縦割り塗装でもこもこだ
そこでは未知の微生物のような死語やスラングだらけの
わざとメスカリンの極小文字で印字されたシカーリン《黒い蝶》も
まぶしいアンダーグラウンドの鱗粉を星屑のシャワーで貪る

あるいはてらてら色ずれしかけた《アンモナイト》図鑑

日射しの無造作に射し込むアルファベットの学名を字義通りに解読するために
よもやくるぶしの化石をアンドロメダ星雲の図版と誤読しないために
まずはこの葉書の絵柄のストロークをじっくり参照のこと。

コヨーテ掲載紙の配達先にさりげなく佇む
池田学の描く《コヨーテ》の耳をいずれ担架に軽すだろう

［補註］
*シカーリン《黒い蝶》＝ロシアの文芸誌《ウラル》二〇〇〇年九月号に所収。
*池田学の描く《コヨーテ》＝池田学《The Pen》（青幻舎、二〇一七年）に収録。

P・S（e） 銀色と薄緑色の手品師（ジャグラー）として

満を持しての、ざわめき。砂糖はきざらか金平糖、
漂流するウィドマンシュテッテン構造の担架に
矢印はといえばたとえば希硝酸処理の《ノイズを含有》しつつ
のほほんと宙空に静止したまま――
これら《止八面体の面上に》隕石学語彙集のざわめき
にプラス **Erik Satie** の海鼠
オイスター・バーの《灰色のカオス》
そしてジュラ紀の樹林帯で躍動した始祖鳥の化石のように
散在する発音記号の群れ
今宵こそコヨーテの耳を欹（そばだ）て

［補註］

＊《ノイズを含有》＝堀江敏幸《存在の曲線を棒グラフにしないこと——イケムラレイコの世界に触れて》からの引用。このエッセーはイケムラレイコ展カタログ（国立新美術館、二〇一九年）に収録。原文の《ノイズの含有》を、ここでは《ノイズを含有》へと改稿した。

＊《灰色のカオス》＝フランシス・ポンジュ詩篇《小石》からの引用。

P・S（f）ヴォルスが未完のオクシュモロンを奏すると

脳漿の雨で路面はびしょ濡れだった
カフカの世紀の廃材置き場もびしょ濡れだった
ところがヴォルスの乾燥した破線の傘傘傘、
広場恐怖症の日傘とも雨傘ともつかず
画面内を失踪中の傘傘傘もっぱら傘の骨

砂塵や砂礫や砂漣の漂流する砂粒の日々
埃の腐蝕した深夜の古本屋の書棚で
アモルフに本の函が照明焼けした山尾悠子なる角砂糖

神経叢で渦巻く赤褐色の流砂

線条のからから酔いどれ off-road とて
これまた埃のキッチンの off the grid
（＝網の目につかまらぬように）

錯綜する星羽の路線図を浮遊する宇宙塵が
ヴォルス線描の断片にまといつく
ノイズは盛んにチェーンソウばむ
ノイズの《海山火事》現場で眠りこける前に
またもや断続的に自然発火する
破線の群れよ未完の地滑りを

オクシュモロンのかすれたノイズを踊れ
星の傷の断裂のように
おお今日もエクストラドライ

［補註］

＊オクシュモロン＝詩学・修辞学的には撞着語法を意味する。

＊山尾悠了なる角砂糖＝山尾悠子歌集《角砂糖の日》（深夜叢書社、一九八二年）

P・S（f＋）アイギ作品《ヴォルス》（一九六七）への追伸

ヴォルスが未完のオクシュモロンを奏すると
脳漿の雨で路面はびしょ濡れだった
カフカの世紀の廃材置き場もびしょ濡れだった
ところがヴォルスの乾燥した破線の傘傘傘、
広場恐怖症の差しかける日傘とも雨傘ともつかず
画面内を失踪中の傘傘傘もっぱら傘の骨

砂塵や砂礫や砂漣の漂流する砂粒の日々
埃の腐蝕した深夜の古本屋の書棚で
アモルフに本の函が照明焼けした限定版《歌姫ヨゼフィーネ》なる苦い角砂糖
神経叢で渦巻く赤褐色の流砂

線条のからからに乾いた酔いどれ off-road とて
これまた埃のキッチンの off the grid
(=網の目に嵌まり込まないように)

錯綜する星羽の路線図を浮遊する宇宙塵が
相次いでヴォルス線描の断片にまといつく
ノイズは盛んにチェーンソウばむ
ノイズの《海山火事》現場で睡りこける前に
またもや断続的に自然発火する
破線の群れよ未完の地滑りを追走せよ
超絶的オクシュモロンの掠れたノイズを踊れ

ヴォルスよアイギの詩行=字幕(タイトル)《深夜:《消音装置》:ある無名歌手の歌声》を
一九八一年の《大空——大火事に》文字通り晴眼のビュランで刻み込め
星の傷の断裂のように

おお今日もエクストラドライ、
昼下がりのしじまも無風の釘も
古生代の河岸段丘のような反アルテファクトである

飛べブラインド・フィールド上を埃の蝶番は
部厚いヴォルス画集ベルン版の全空域を浮遊する
差し向かいで線の釘の群れを
無風の相貌に
若きヴォルスの《詩人の頭蓋》の内部に
そしてカフカの鱗粉の叫喚を招来する脳の皺に差し向かいで、
これはカフカの石切場のセピア色の発破ではない。
ランボーがついにディープレッドの太陽を発見した海上は
今や（海の辞書の例文通り）濃霧で視界不良なれど
このほどここ東京の文具店の店頭に
チェコ共和国製の画用鉛筆 STABILO が登場した

（二〇一九年四月三〇日）

*この《追伸》は、モスクワにおける二〇一九年アイギ・プロジェクト参加作品。ロシア語ならびに日本語ヴァージョンで参加した。

［補註］

ゲンナジイ・アイギ（たなかあきみつ・訳）

ヴォルス

捉えがたいものがすべてを貫く

ところが傷だらけの傷口を蛇行して
すりこまれた血‥

これら静まり返った道筋では
土埃により
死亡が――密命をおびた見張りにより――告知される‥
そのくすんだ余白ともども――われわれは置き去り

（一九六七）

P・S（g）冬の旅の（喉ごしに）

冬枯れの荒れ地（ゾーン）の
生き餌として
の、おおアンドレイ・タルコフスキイよ
指先に重い海藻色のガラス瓶とて
埃のゾーンはぎらっとレンズに照り映えて
もっと北方へずらされた

冬たけなわの待てば海路の氷結びより
焼け焦げて鼻濁音の黒い柩なり
これも吃音の空の黒い裂け目
どす黒い氷の賭ゆえに

あたふたとレリス&ベーコンの鉤爪で
絵の具の《歯や骨片や鍾乳石や石筍を》
ふっくらした白い耳にネジこもうとする疑問符

漏洩したバクーの原油のようにどろんと
(タイガの薄暗い倉庫内さながらぎろっと)
マンモスの牙が折り重なって横たわる
ここは極北の海墓場ではないのに
間延びして砂利つくBGMのラウンドミッドナイト
セロニアスよ文句(モンク)があるか彗星のめくるめく徒手空拳にて
亡命先のレマン湖畔で越冬する昼下がりのカフェに響く
女友達どうしのロシア語会話 **dadada** の **coda**

［補註］

＊レリス&ベーコン＝作家・詩人であるミシェル・レリスはフランシス・ベーコン論を展開する一方で、画家ベーコンの作品モデルをつとめたこともある。

＊《歯や骨片や鍾乳石や石筍を》＝ミシェル・レリス《フランシス・ベーコンあるいは叫ぶ真実》からの引用。

P・S（h）釘男（くぎお）ギュンター・ユッカーへのオマージュ

意味よりももっと純粋に（アイギ）

blind vis field めくらめっぽう
反物質の《爪が引き裂く時間》
の舌の根も乾かぬうちに
そこから取り急ぎ流失しようとして
見る者の眼圧のかかる青緑のどんより
運河の濁水面で急激にデフォルメされた
ゴンドラのドラゴンが浮上させるアナグラムの浮き輪
日だまり釘の水玉模様を標榜する水都ヴェネツィア、冒頭から

《ヴェネツィアは水のために滅ぶかもしれない》
釘男ギュンター・ユッカーの釘庭《釘のレリーフ》は
芽吹きのぎざぎざに血液を抜栓する
昼間の星の繭（ステラーコクーン）でも、ほーら、謝肉祭の仮面の発掘現場の羽休み！

羨望の要木枠の壊れものとして運ぶ
釘だらけの頭部がシュッと擦るピアノ
たとえば夜間の訪問看護のようにことごとくピアニッシモ
イッ挙動で突き刺さる釘だらけの椅子
おしなべて地形的には河岸段丘のような
昼下がりのしじまも縞柄の展示品（アルテファクト）である
ジェラチン・シルヴァー・プリント同然の blind field,　飛べ蝶ナット（ヴィザパピヨン）
ふわふわと oh vis
oh blind cord

［補註］

＊謝肉祭の仮面＝F・クーリチ撮影のカーニヴァルの白塗りの仮面。フェルナン・ブローデル《都市ヴェネツィア》（岩波書店、一九八六年）に収録。

＊blind field＝盲野。写真用語。

＊blind cord＝フランシス・ベーコンの作品の画面に何回か実際にぐらぐらしそうな感じで登場する。

P・S（i）マリーナ・ツヴェターエヴァの長篇詩《鼠捕り（クルイソロフ）》の消失点まで

《ネズミは人間の影のような存在だ》（エマ・マリス）

ぼつぼつ灰色まだらの石畳の下から眇でうかがう
二〇世紀末のベルリンの広場に棲息する
鼠の赤黄色の眼、

よもや間一髪逃走しようとする
これはヨシフ・ブロツキイの小さなサーチライトにして
まなこという海鼠（なまこ）よ
かつてハーメルン近郊のヴェーゼル川へ
大挙して失踪した鼠たちの生き残りの

(Zaniewski によれば、インド西部のビカネルのカライ・マ寺院から
数千匹の鼠たち＝死んだ詩人たちが失踪したという
もう一つの鼠伝説があるとのこと)
見えない攻防の光芒だろうか、失踪鼠の近影ながら
《影を呼吸する》印画紙の紙背に徹しての乱反射だろうか
もっぱら背伸びして鼠たちのごみディナーの準備のため
変装イザリウオを数ショット挿入して後
熟れたトマトや紫紺のナスを数本地割れの後ろ手にころがして
薄情な皿のピストで恭しく空気感染する柑橘類の様子がミモザ色で
即物的にこの写真集 for when I'm weak I'm strong（Cantz）
にはまざまざと収録されている、あるいはネズミが相次いで
駆け下りるマンハッタンの暗緑の金属製ごみ箱の表示板には
大文字の NO HOUSEHOLD TRASH NO BUSINESS TRASH が錆びつく
ネズミたちはといえばネズミ算式に排水溝中をふさふさと右往左往

ヨゼフィーネよもっとネズミのキイキイ《弱音》を
それとも埃が錆びついた蝶番のギチギチ君が大好きか
ほら、皺くちゃのWatネズミもキイキイ泣きじゃくる

［補註］

＊エマ・マリス＝一九七九年生まれのアメリカの環境問題のライター。

＊鼠の赤黄色の眼＝この詩の冒頭のヴォルフガング・ティルマンス撮影のワンカット。ティルマンスはドイツ出身でロンドンを活動拠点とする写真家。主な作品集にはfragileなど。二〇〇〇年にはターナー賞を受賞した。

＊Zaniewski＝一九三九年ポーランドのワルシャワ生まれの作家アンジェイ・ザニエフスキ。Ratという小説で作家デビューした。

＊《影を呼吸する》＝ジュゼッペ・ペノーネの二〇〇九年のインスタレーション《影を呼吸する》のこと（豊田市美術館）。

＊《弱音》＝カフカの短篇小説《歌姫ヨゼフィーネ》からの引用。

＊Watネズミ＝Wat（本名Chwatから後3文字watを抽出しペンネームとした）は一九〇〇年ワルシャワ生まれのポーランドの詩人。未来派詩人として詩的出発をしたものの、共産党の月刊文学誌の編集長を経て、第二次大戦が勃発するやポーランドに侵攻したロシア軍に逮捕されロシア国内に移送され抑留され、後年釈放後はフランスへ亡命をよぎなくされるなど、ひとことで言えば数奇な運命を辿った。詩人チェスワフ・ミオシュとの対話を全篇収録した回想録《わが世紀》を残した。ちなみに彼には《ネズミになること》という詩篇がある。

P・S（j）駒井哲郎の《阿呆》の線よ

愚者ではなく一九六〇年作《阿呆》と記銘された脳波の破線
脳ミソの流動体ではなく黒い脳の索状痕を追尾（チェイス）せよ
眼科医が聴診器を当てる
応挙の氷図は右から左へのきびしい斜線だが
駒井の《阿呆》の静かな横暴線は左から右へ
脳の皺のばしであるとは欲動するπの仕業、
眼球のクリノメーターで《阿呆》線の引込線の斜度を
きちんと測定しようにも
当の美術館の慢性的《予算不足》は empty space に直結する
かくて開架の成否を問いつづける二人称の観客も感無量だ。

あるいは阿呆なるものの軌跡は《殺されたわけではない、
生きたまま森の枯れ葉の海に埋め捨てられた
冬眠者たちはその後どうなったのだろう》（山尾悠子「銅版」）
さらにあの駒井 limited マルドロオルの
half-angel（半ば天使）half-ogre（半ば人喰い鬼）としての
凄絶な無彩色の腐蝕する銅版画時空の
一九五一年の苛烈さを忘れることなかれ

あるいは不世出の登場人物マルドロオルの《イマジン》を、
たとえばこわごわ重なり合う《手》の
廃残の手袋のような線形のひきつれを
ときには金属ブラシの
それともハリネズミのごわごわどっさり
その名も《Poison ou Poisson 毒又は魚》を
S字形に結縄せよ！

［補註］

＊山尾悠子＝熱狂的な読者をもつ幻想文学の作家。ちなみに《銅版》はちくま文庫の《ラピスラズリ》に収録されている。

＊マルドロオル＝版画家駒井哲郎ならびにフランス文学者青柳瑞穂の両氏の表記による。音引きではなくO音の、いわばヒーローの名付けにともなうガラスケース内の有酸素運動である。

＊**half-angel**／**half-ogre**＝バルセロナの出版社から英文で刊行された、ミシェル・レリスの《ベーコン》画集の解説文からの引用。

＊《イマジン》＝このビートルズの絵の複製はかつて一時期出入りしていた喫茶店の壁にれいれいしく貼りだしてあった。

Ｐ・Ｓ（ｋ）静かなミクロコスモスとしての

ざわめきの刃先は
珈琲カップの宙空に静止したまま
オールステンレスの銀色の鍋、銀ぎら銀の
真正面の曲面（カーヴミラー）に映り込んだ二個の完熟トマトを
まるごとＦ６の画用紙にワープする

かつて凹版の賭博図柄のセザンヌ切手を貼ってパリから郵送されてきた
フンガロトン盤、バルトークのピアノ曲集ミクロコスモスは
忘却の蠣殻の粉末として機能する
今やハウスダストも同然の切歯扼腕！
すっかり枯れ草のそよぎを聴く、

ビルギット・ヤコブセン嬢の髪の毛が
わらわらと闇に沈むホルスト・ヤンセン画集《十一月》に収録された
往年の作曲されなかった枯れ草のそよぎを褐色の風のパートとしつつ
火花が反射するそのCD盤は行方不明のまま
完熟の身を潜める、

食卓に放置された昔日のマッチの、
闇のコショウを荒挽いて後
発語するもっぱらドイツ語の毬・毬プラス
ピンセットも髪留めも
黒色と黄色の不完全燃焼の焦げ跡のように
やがて中南米のタテ割の食虫植物のくびれを公然と曝す
実物の完熟トマト特有のディープレッドはその日暮らしの
ホルスト・ヤンセンのしうねく萎れかけたアマリリスの花弁の残照よりも

暗いバーナーの《カオスのマグマ》を所望する

ぷかぷかたぎるπの字を早速虜にして真っ逆さまに
ぐんぐん巻き込む銀色に黒くぬめる
やがて消火栓のホースになる、銀鍋の曲面（カーヴミラー）に
火焔の重力の確かさを捨てずに水面にデフォルメする

博物館の食肉類の歯のコレクションに
リンネの植物標本とは
微妙に角度が異なるV字体の群れに
もっぱら4襲歩（ギャロップ）で空っぽの空域に
縞模様の救急車がスタッドレスタイヤを装着して背筋を伸ばす

［補註］

＊賭博図柄のセザンヌ切手＝パリのレコード・CDの通販業者にしてみれば、顧客の歓心を買うための常套手段にすぎないだろうが、極東の切手党を自認する当方にはたまらないぐらい魅力的サービスだった。

＊フンガロトン盤＝社会主義時代からのハンガリー国営のレコード・レーベル。ラインナップの中心はもちろんバルトークやコダーイの楽曲。

P・S（1）画家ヴェリチコヴィッチのタナトス

満月を見つめること（アレクサンデル・ヴァト）

セルビア出身のヴェリチコヴィッチ直筆の
血煙の括弧をはずして油煙のたなびくヴェクトルを追え！
《鳥よ蟹よクマネズミよ》と半身を捻っては叫び、
叫んでは今度はZ字型に一挙動で嵌入する

とっさに指紋の括弧をはずして
スプラッターもどき、ころころした体形の《ソリプシスム》
の《スノッタイト》点滴の括弧をきいきい
カフカの歌姫ヨゼフィーネさながら

終始カタストロフの仰角を、頸椎がはずれそうなほど
喉のアポストロフに季節はずれの喪服のほつれを思いきり引っかけ、
それでもまだ見ぬ《メタセコイヤの並木道》へようこそとは
微苦笑を禁じ得ない――若い身空で
実景を模したアナログの新聞広告に乗じて、
CG嫌いの油彩の死臭が今日もあたりに
ディープレッドに立ち込めるますます累乱の
《鳥よ》《蟹よ》《クマネズミよ》

喉をかきむしるような
なんとも不気味なべオグラード奇譚を
(彼の一九点のカタストロフ画連作を
多重露出に曝される追憶であれこう名づけよう)

［補註］

＊《鳥よ蟹よクマネズミよ》＝ポーランドの詩人アレクサンデル・ヴァトの作品《ネズミになること……》からの引用。邦訳は詩集《イナシュヴェ》に収録。

＊《スノッタイト》＝洞穴の天井や壁から垂れ下がる石筍に似たバクテリアのマット。この語は一九八六年の新語とのこと。

＊《メタセコイヤの並木道》＝大手不動産会社の売り出したニュータウンのキャッチコピー。小学校の校庭に植えてあったメタセコイヤを想起すると、このミスマッチがなんだかおかしい。

P・S（m）プリピャチの草緑色の壁の前には

浮遊しつつ立ち尽くす往年のガイガー氏のどす黒い内臓に
潜り込むマイクロシーベルトという放射線量の単位の発熱
ぞんざいに銀髪を垂らした人形が
ちょこんと学童用の木の椅子に
腰を下ろしているスナップショット&あたりの床一面には
ヴィスのようなコンクリ片がぎっしり&
足首も散瞳もぐらぐらだ、アンダンテ・ノン・トロッポ
どうにもじゃらじゃらせわしない、セシウム等の放射性突起よ

さて緑よ、過剰なる緑よ、
緑なす歯ぎしりの底辺から

宙空でのヴァニラ・シュノーケリング、じりじり熱をおびる無風
無限大にどの写真の灰色にも
コンクリ片のデシベルの歯牙が乱雑に放置されてあり
それははなればなれの異語の光の爪痕
あるいは岸辺なき生傷（砂利ばむ雷鳴の花弁……）
針千本よあるいは渇水期であれ増水期であれ
傷だらけのレンズの河床だが、
熱風による眼窩陥没にも似て漣痕のほつれよ
キアロスクーロの土管内さながらよもやケーソン病に
かつてのダンサーたちはアスベスト禍をいとわず床を這いずりながら
G線上で肺が陥没しないよう岩の輝く緑をふりしぼる
ふりしぼるからには、折からの無風の後ろに
雑色という名の色名表示はない、
Alberto Burri の底なしの闇の亀裂（クレット）よ、

地峡のますます《オーヴンの熱》で黒ずむ亀裂であれ
やつぎばやに真っ白に白(しら)ばっくれる亀裂であれ画面は
ならびにプリピャチの廃校の教室の床(フロア)景のスナップショットには
今でも防毒マスクの群れが、なしくずしに死鯨の大群が
《灰色の浜辺》も同然にぐしゃりとごった煮のよう
——エコツアーの観覧者の眼球に
粉ごなに割れた不確定性のガラスが飛び散る

［補註］
＊プリピャチ＝一九八六年旧ソ連のチェルノブイリ原発が発災したあと、廃市になったウクライナ共和国の都市。二〇一一年以来チェルノブイリツアーの拠点になっている。同じころ写真家 Gerd Ludwig がプリピャチの廃校や雨ざらしの遊園地などを撮影した。

P・S（n）　彼自身による事件の起き抜けの慌ただしい現場検証に代えて
マックス・エルンストの断片（ピクトポエム）の掉尾を文字通り翻訳すれば

…わたしが目撃したのは
ひと番いの白鳥たちの飛翔だった
壮麗なるかな鳥たちは

（訳註）フロイト博士の聴診器がとらえる欲動（トリーブ）の鼓動に今もって注目！

P・S（o）《爆よ爆（ヴゾルヴァリ）》アシッド・ノスタルジーよ

しきりにノイズが、爆よ爆（ヴゾルヴァリ）
大気に粒だちあらがうとしても《欲望の背後》へ
（……バスタブの蛇口で《水の括弧》内で
油彩のアクセルをふかせてはクレモニーニよ
あの部屋の壁に油彩の血が滲むまでそのアクセルをふかせては
クレモニーニよ背中いちめんのプールでにわかに健康増進のため
たっぷり水をかきあげ泳ぎつづけ
何日か前に注ぎたされた水の記憶を
クレモニーニよたっぷり油彩をディップし時間鋏に……）
ここ《太陽のスクリーン》で爆よマチェールの全格子
ここ《影絵のスクリーン》で爆よジャンクスの全豹皮

盗汗のクレッシェンドにして風呂場のタイルや
シャワーに滲む血の泡のデクレッシェンド
ことさら accid jazzy に壁いちめん
少年たちの泡立つ石鹸のみならず
屋外の《夏の残骸（デブリ）》よ
そのあたりでは三頭の犬が
ごろんとハンスト中

［補註］

＊《爆よ爆（ヴゾルヴァリ）》＝ロシアの立体未来派詩人クルチョーヌイフのザーウミ詩たる《взорваль（ヴゾルヴァリ）》。

＊アシッド＝皮膚感覚的にはひりひりした感じ。

＊クレモニーニ＝レオナルド・クレモニーニは一九二五年ボローニャ生まれのイタリアの画家。海辺の光景やバスルームやプールの人物たちを好んで描く。とりわけ水や血の滲み出る空間を。《爆よ爆》以外のギュメ内のフレーズはいずれもCremonini（Grafis Edizioni,1984）の収録画の表題の引用。

P・S（p）《青い稲妻（ブルーサンダー）》号篇

土に時が深くもぐる
まさに土偏（とぐろ）の時を巻く
日夜JR線のレールを疾駆する
JR貨物の《青い稲妻（ブルーサンダー）》号をご存知ですか？
上部三分の二がターコイズグリーンのガソリン車を
何輛も牽引するあの怪力の機関車を
車椅子が移動に欠かせなくなってもうだいぶ経つあなたは
この機関車に眼前で遭遇したことがありますか
定刻通りにうねうね入線し
フォームから発車するときの《青い稲妻（ブルーサンダー）》号の車輌の連結音は
まさにボーダーレスのレクイエムもどきガソリン車の絆

そこで耳にするあらゆる音の中でも
マイフェイヴァリットサウンド
これはもちろんノイズではなく、
フルサイズで伸縮して
脳内にとどろく例の《赤道》
協奏曲顔負けですごいですよ
じつに壮大なんだなあこれが
ほら、もっともっとスネアドラムを叩け
さあ適宜楽器としての鞭を打て

［補註］

＊《赤道》協奏曲＝作曲家アンドレ・ジョリヴェに関するウイキペディアによればこのピアノ協奏曲の注目すべき楽器編成は次の通り。楽器編成：ピアノ独奏、フルート3、オーボエ1、イングリッシュホルン1、アルトサックス1、クラリネット2、ファゴット2、ホルン2、トランペット3、トロンボーン2、テューバ1、ティンパニ、ヴィブラフォン、木琴、鐘、チェレスタ、小太鼓2、スネアドラム2、バスドラム、大太鼓、中国風ウッドブロック3、マラカス、タンバリン、トムトム5（大中小）、ウッドブロック、トライアングル、クレセル、鞭、クロタル2、シンバルチャーレストン、シンバル、シンバル（大）、シンバル・フラッペ2、ゴング、タムタム、グルロ、ハープ、弦五部。

P・S（q）《トリンギットの柩》篇

お互いきらめく含羞のアステリスク。
極めてストイックであるがゆえに
あまりにも突飛な思いつきではあれ
あのサド侯爵の《ソドムの１２０日》を貫く過剰とも言える
白く湯気立つ柩の上で
急激に軋るゴムの焦げ臭さ
とともに変容しつづける
日夜ほぼ同数のコード付きの闇の箱
のドローイングを想起（トレース）しつつ。

コードの先端はことごとく裂ける、

火気厳禁でもぱちぱち爆ぜる。
大輪の火花の影印本のような
影向なる忍者フレーズのような
死のモノカゲよ。

どの電子機器も案外あっけなく壊れる、
不可視なるものにゲーマー本人ではなくとも
ひたすら高速バネ指なみに
びんびん感電するコンマの隊列、
《酸素欠乏危険場所》！
ざわめきの矢印は宙空で静止する。

［補註］
＊トリンギット＝アラスカやカナダに居住する先住民の部族。
＊コード付き闇の箱＝ジェラール・ティトゥス＝カルメルの現代美術作品《ポケットサイズのトリンギットの柩》。
＊《酸素欠乏危険場所》＝ＮＴＴの地下工事用竪穴の入口付近に赤い文字で表示してあった。

P・S（r）《白日》の発掘作業

埃以外のコンテンツは
ほとんど何もないダンボールの隙間から
紙焼けを厭わず《白日》が再び出現した
耳飾りのようなアダミの＋Rの文字からも
ジョイスの視線の動線確認で
伏し目がちの眼鏡の括弧をはずすと
《白日》の矢印はこう方向づけられる——

海辺の砕ける波であれ
窓辺の空っぽの椅子であれ
あらゆる衣裳（ヒトガタ）へ風が対向してくることは

いずれのクラッシュでも重力が炎上すること

…………………………

風景の撞着語法(オクシュモロン)の圏外へ

はたして《啞の決壊》はあるか

［補註］

＊白日＝三宅流氏が一五年前に監督し撮影した映画。手元にヴィデオがあったが、今は再生できない。二〇〇四年に映画と同時に同名の小冊子が刊行された。

＊アダミ＝一九三五年ボローニャ生まれのイタリアの画家。五〇年ほどまえに赤坂のあるカフェの壁に画家ヴァレリオ・アダミの絵を見つけて興奮し、渋谷の輸入ポスター店でオリジナルポスターを購入しようとして予約までしたが、結局は叶わなかった。

キーファーの渚にて――《安井浩司選句集》再訪

そこにはそれらの建物には
いきなり弦の断裂した《ヴァイオリン》には
ごうごう風の音ばかり、はらわたの
黒色がしらじらと剝きだしになった窓がいくつもあった

窓の内と外をぎりぎりへだてる強化ガラスはない
ないガラスには無のむすうの突起が
突き刺さるように映り込むそこには
いまはないむすうのヒトカゲは擬態にすらなれなくて
いびつなままかろうじてモノカゲを呈する建物の
かろうじて剝がれおちずにいる外壁とて
第三者による消しゴムの使用が極力ためらわれる窓間壁とて

黒つぐみよ黒つぐみ侵蝕によりひからびた血色の顚末に
あるいはちゃ褐色の鳥影もどきに
とっととフォルテが欠損しても
着火寸前のガソリンとかげのような媚態
あるいは火気をかみころす蛇ガソリンのような
揮発性の窓枠だけがある

鼠ゲージの《火事にまみれる》火気厳禁こそじつに《黄ナ》くさい
キーファーのブリキの無水の水槽から
やおら這い出した熱波のウシロカゲ？
奇妙に錆なまぐさい線路跡にひびく
《refugee's theme》七九秒間の闇の羽毛の擦奏よ
ともすれば擦過する砂利ばむ草いきれはシンメトリにあらず
耳磁石なら能代へ
蛇紋岩を夢ぐるみ流水算でみちびけようものを

時間の河口へ緑のマグマに徹する輝緑岩は
シーニュ、シュスパンデュにして急げや急ぐ
うちっ放しの被写界深度の
よもやあらゆる形容詞の
はらわたまで果たせるかな
むすうの残骸の

［補註］
＊《ヴァイオリン》《火事にまみれる》《黄ナ》ほか＝〈はらわた〉〈黒つぐみ〉〈蛇〉〈鼠〉〈蛇紋岩〉〈シーニュ〉などの語ともども、安井浩司氏の複数の句からの引用である。
＊《refugee's theme》＝ギリシャの音楽家エレーニ・カラインドロウ Eleni Karaindrou の楽曲。テオ・アンゲロプーロス監督の映画《こうのとり、立ちずさんで》のサウンドトラック盤に収録。
＊シュスパンデュ＝ギリシャ語からの池澤夏樹氏の名訳〈たちずさんで〉を再度フランス語に反転した語。

エルニーニョ・アンド

エルニーニョ＝白い人面だとしたら
否応なく白く回転する波のメリーゴーランドよりも
インチゴのゼンマイ仕掛けのジョーズ波の穴のほうがやはり優勢だ
白い渦の中心には金属的であれワンコインもどきの
圧倒的に押すな押すなのまるで骨のスタンプの盛況よ
往年のヘジャズ鉄道の錆びた鉄路の盗掘者の
いわば角刈り用チェーンソウで
ごりごり失意の歴史学者Ｔ・Ｅ・ロレンスをば尖石骨ばむ音よ、
無作為にヨルダン南部の砂利ばむ大気よ

消えない雪としてのバルトークの

暗中模索の《アンダンテ・ノン・トロッポ》
二〇一八年の最もシンプルかつエモーショナルな pilot 万年筆の新聞広告
新聞紙面の天地の毳立ちをエンドレスにぬっての翁皺のリゴドン踊り
あるいは紙・光の毳・自筆（インク瓶）の三幅対で雪晴れの空（から）のトランクの
あるいはいきなり耳をつんざく仙石線（せんせきせん）
赤茶けた海中の山体のあいつぐ潰走には要注意！
とある病院の中庭でホヴァリングしてはごうごう下降する
ヘリコプターのローター音のノイズよ、ノイズの
白い雪（パウダースノウ）をワックスしらずの強引に鼻中隔へ
パレットナイフで伸ばしたざらざらの赤土色に変換せよ
ピンポイントで挑む指が吹っ飛ぶほどの痛さの拍手喝采

またしてもエルニーニョ＝白い人面の訪れだとしたら
もちろんインチゴの海流もアイギ詩の海彼も矢継ぎ早に見え隠れ
ふわふわ浮遊する白いちぎれ雲はときには遺体のようで

雲間にはツァイス双眼鏡を片手に綱渡りの足さばきに同調（シンクロ）させる
白い渦のアンフォルメルの線条痕に
濃厚なインヂゴの口紅を塗り込めよ
待望のブランチには赤道近海のラニーニャの冷や水を
太平洋のブリキのバケツからなんだか朱色の縞唇を
晩秋の球面に乱反射する《叫び》の後頭部に浴びせろ

思えばサハラ砂漠の砂に半ば埋まった世紀末の
旅人たちの骨の黄土色の突出
先行的にセピア色に乾いてよもや隆起することもなく
彼らのあらゆる筋肉はとっくに雲散霧消している
たとえば名だたる石鉄隕石のうち
鉱物性のメタリックな矜恃（パラサイト）を思え
重度の凍傷かつ麻酔の覚め際のトランポリン並みの
しごく当然の跳躍だこれは血液と共振中で

折からのグリム濃霧 gnome のプラグを引き抜いて
狙い澄ましたスラムダンクの矢印！

映り込むウイルスのトゲが白い渦さながら
でこぼこ生活空間のあちこちにのびる
無理からぬ準備行動とはいえ
徹底的にマスク嫌いの白い渦に
もっぱら血染めの赤い補助線をおまえは推奨する、あるいは
作家イーゴリ・クレフのシベリア横断鉄道紀行に
ぜひ伴走させたいのだが
海中の車体（ブルートレイン）さながらウルトラマリン空間の鉄路での
あくまでもトポロジック走行を思え

もよりの博物館にて極力ラスコー洞窟人のスタンスで
一心不乱にスケッチする手持ちの pilot ボールペンの筆圧で

ガラスの蓋に図上のボスポラス海峡もどきの
ひび割れを起こしそうな
化石の灰色の長い車列をいましばらく転写する
直角貝 orthoceras のいわば輸送途中のロケット=化石の逆噴射とて
アンチ・ジュエリイ研磨的にさほど忌々しくはない

初冬のちょうど午後四時半頃には
目蓋の裏のこの一本道の消失点には
でっかい落日の黄金の罠が仕掛けられる、何重にも
トム・ウェイツのしゃがれ声で《somewhere》エルニーニョ・アンド
寒波の白い耳だけは黒ずみながら望外の銀色と化す
喉首に《灰色のコンマ》を鏤めたギプスのような
エルニーニョ・アンド雪上のかろうじて
いかにも死骸のない痕跡は痕跡でも
ワタリガラスの判読しうる羽ばたき痕の首飾りのような coda
依然としてトレース三昧だ

ああ言えば単純にこう言い返すと
冬の寒空をえがく灰色それ自体にも寒暖差がある。

［補註］

＊ヘジャズ鉄道＝アラビアのロレンスが爆破したアラビア半島の鉄道。ヨルダン南部で残骸をさらす。ちなみにヘジャズはサウジアラビアの紅海沿岸地方。

＊リゴドン踊り＝スタンダード仏和辞典によれば、一七〜一八世紀に流行した舞踊、舞曲。呪われた作家L・F・セリーヌが晩年に狂気のリゴドン踊りを蘇らせた。

＊ラニーニャ＝海水の冷水現象で、暖水現象であるエルニーニョの正反対の現象。

＊グリム濃霧 **gnome** ＝語の意味と読みによる二重の言語遊戯。**gnome** はグリム童話の暗い森にふさわしい醜い大地の精で読みはノームである。

＊イーゴリ・クレフのシベリア横断鉄道紀行＝ウクライナ西部の都市ルヴフ（＝リヴィウ）出身の現代作家イーゴリ・クレフがシベリア鉄道のロシア号に乗車してモスクワ・ヴラジヴォストーク間を《移動する》様子を活写した。

＊《**somewhere**》＝FM放送から突如としてわが耳に飛び込んできたトム・ウェイツの歌声。

初出誌一覧

これらの詩篇は、詩誌《虚の筏》、《詩素》、《みらいらん》、《韻律磁場へ！》、《repure》、《Ganymede》、《job》、《2CV》、《白日》に初出。詩篇によっては収録にあたって改稿した。

なお、この詩集《静かなるもののざわめき　P・S》（アンフォルム群Ⅱ）は、《アンフォルム群》以後に書かれた詩篇で構成されている。

たなかあきみつ

一九四八年三重県生まれ

詩集

『声の痣』(七月堂、一九九一年)
『光の唇』(私家版、一九九一年)
『ピッツィカーレ』(ふらんす堂、二〇〇九年)
『イナシュヴェ』(書肆山田、二〇一三年)
『アンフォルム群』(七月堂、二〇一七年)

翻訳詩集

アイギ『アイギ詩集』(書肆山田、一九九七年)
クーチク『オード』(群像社、一九九八年)
ブロツキイ『ローマ悲歌』(群像社、一九九九年)
ジダーノフ『太陽の場所』(書肆山田、二〇〇一年)
アイギ『ヴェロニカの手帖』(群像社、二〇〇三年)
コーノノフ『さんざめき』(書肆山田、二〇〇五年)

ほか、《Ganymede》、《洪水》、《阿吽》、《群》、《ZUIKO》誌などに翻訳詩を多数掲載。

静かなるもののざわめき　P・S
――アンフォルム群Ⅱ

二〇一九年十一月二十日　発行

著　者　たなか　あきみつ
発行者　知念　明子
発行所　七　月　堂
〒一五六―〇〇四三　東京都世田谷区松原二―二六―六
電話　〇三―三三二五―五七一七
FAX　〇三―三三二五―五七三一
印　刷　タイヨー美術印刷
製　本　井関製本

Printed in Japan
ISBN 978-4-87944-391-5　C0092